荒野里的牧羊人
INTEMPERIE

JESÚS CARRASCO
〔西班牙〕赫苏斯·卡拉斯科 著
叶淑吟 译

人民文学出版社

著作权合同登记号　图字 01-2017-5614

INTEMPERIE
by Jesús Carrasco

Copyright © Jesús Carrasco, 2013；
© Editorial Seix Barral, an imprint of Editorial Planeta S.A., 2013
Simplified Chinese edition copyright ©
Shanghai 99 Readers' Culture Co., Ltd., 2018
All rights reserved.

图书在版编目(CIP)数据

荒野里的牧羊人 /(西)赫苏斯·卡拉斯科著；叶淑吟译. —北京：人民文学出版社，2017
ISBN 978-7-02-013458-8

Ⅰ.①荒…　Ⅱ.①赫…　②叶…　Ⅲ.①长篇小说-西班牙-现代　Ⅳ.①I551.45

中国版本图书馆 CIP 数据核字(2017)第 253635 号

| 责任编辑 | 卜艳冰　任　战 |
| 装帧设计 | 钱　珺 |

出版发行	人民文学出版社
社　　址	北京市朝内大街 166 号
邮政编码	100705
网　　址	http://www.rw-cn.com
印　　刷	上海盛通时代印刷有限公司
经　　销	全国新华书店等
字　　数	96 千字
开　　本	889 毫米×1194 毫米　1/32
印　　张	4.875
版　　次	2018 年 3 月北京第 1 版
印　　次	2018 年 3 月第 1 次印刷
书　　号	978-7-02-013458-8
定　　价	32.00 元

如有印装质量问题，请与本社图书销售中心联系调换。电话：010-65233595

献给尼可拉斯·卡拉斯科·罗亚诺

1

人们在呼唤他。从洞口传来的回音好似蟋蟀鸣叫,他试着由此确定每个人在橄榄树林里的位置。那叫嚷声犹如燃烧的岩蔷薇的哭号。他侧躺着,身体呈之字形,缩在几乎没有多余空间可以移动的土洞里面。他的两只手或环抱膝盖,或枕在头下,还在旁边的壁上掏了一个小小的如同壁龛的洞,勉强塞得下装口粮的背包。他先在洞口铺上两根通常拿来当横梁的粗树干,再覆盖整枝剪下的枝丫。他伸长脖子,支着头,希望听清楚一点。他眯着眼,竖耳聆听那逼他非逃不可的声音。什么都没听见,连狗叫声也听不见,他松了一口气。他知道只有训练有素的狗才能发现他躲在哪里。或许是枪猎犬或者优秀的拉戈托罗马阁挪露犬。又或许是猎兔犬,这种狗长耳短腿,他曾在来自首都的报纸上见过。

幸运的是,那些异国品种并不适合这片平原,这里只有格雷伊猎犬的踪迹。它们颀长的骨架只覆盖着一层精实的肉。这种神秘的狗会全速追捕野兔,鼻子无时无刻不在嗅闻。它们来到这个世界上的唯一任务就是追捕猎物,然后撕裂它们。它们身体两侧火焰般的红色条纹,恍若主人抽打后留下的伤疤。这片干旱的土地在孩童、女人以及狗的身上都烙下同样的痕迹。不管怎样,它们跑得再快也没用,因为他会一直缩在这个小土洞里。这个属于蚯蚓和往生者的世界，充斥着上百种能掩盖他踪迹的气味。这是他本来不会闻到的气味，让他远离母亲的气味，都是他自找的。

每每看到格雷伊猎犬或想到这种动物，他就想起村里的一个男人。他身体残障，驼着背的模样像极了手风琴演奏者。他靠一辆三轮车行遍大街小巷，车子前面有个手把，可以控制方向。每当太阳西下，他便离开村庄，往北边地面平坦的道路而去，那是三轮车唯一能走的路。一群狗跟在他身边保护，狗的脖子上都绑着已脱线的绳索。看到那个男人乘坐笨重的车子前进的画面，他感到很心酸，也很好奇，不明白那个男人为何不让狗拉着车子前进。他记得曾在学校听过有关他的传言：当他不想要哪条狗时，就把它吊死在橄榄树上。在他不算长的人生里，已见过几十具狗尸吊在远处的橄榄树上，那一副副骨头脱臼的皮囊仿佛一个个巨大的蛹。

他感觉那些人就在附近，于是他打算保持安静。他听见自己的名字一遍遍地回荡在树林里，仿佛打在水面上的雨点。他蜷缩在土洞里，心想，这或许是他仅有的安慰吧：在破晓时分聆听呼唤他的声音一次又一次地回荡在橄榄树之间。他听出酒馆老板的声音，还有夏季时节会在村里落脚的某个脚夫的声音。他不知道还有哪些人，但他猜想邮差和编草匠也在其中。他感觉心底意外地涌出一股潮湿而温热的欢欣，孩童那种难以表达的、无声的确幸让他感到一种仿佛鸡皮疙瘩掉满地的快乐。他不禁问自己，他们也曾这样找过他的哥哥吗？他是否也引来这么多人找寻他的下落？在一片叫唤声当中，他感觉自己也许重新凝结了村庄蒙尘已久的团结。瞬间，他的怨恨退到内心的某个角落。他让村里的男人都聚在一起了，这些男人有着强壮的古铜色胳膊，以犁耕地，把种子播满崎岖的耕地。他引爆了一个事件，他心想，这次事件让旧时仇敌都不得不挽起袖子，肩并肩地团结起来。他问自己，这一刻在几年或几个礼拜过后，是不是还会留下痕迹，是不是会变成弥撒结束后或酒馆里闲聊的话题。这时，他的思绪飘向父亲，想象着他到处解释。他看见他一如既往地装可怜。他努力想说服所有的人，他的孩子外出打石鸡，一定是掉进某处看不见的井里了；说厄运老缠着他们家不放，上帝从他身上割走了一块肉。他摇了摇埋在膝间的头，想甩开满脑子的胡思乱想。父亲卑躬屈膝的模样再一次回到他的脑海中，治安官的身影也跟着浮现。这幅画面尤其勾起他内心的恐慌。他努力竖耳细听，始终没听见治安官的声音，但即便听不到，他仍感到无比恐惧。他想象着那个男人嘴里叼根烟，跟在拍打着橄榄树的人群后面。他踢着泥块或懒懒地弯腰捡拾橄榄，那是最后一批打果子时漏下的。他怀表的链子垂露在罩衫外。他头戴棕色毡帽，领口紧系，留着用糖水定型的八字胡。

离洞口几米远的地方传来某个男人的声音，将他从沉思中唤醒。是老师，他正在跟另一个离他不远的人说话。少年发现自己心跳加速，血管里的血液疯狂奔窜。苦痛，在蜷缩了数小时后，从他体内喷涌而出。他想马上爬出去，结束这种不舒服。

他没杀人，没偷，没抢，更没冒犯上帝。他想拨开盖住洞口的树枝，让附近的人发现他。或许其中一人会叫同伴安静，然后转过头细听发出窸窣声的方向。他们俩会交换目光，蹑手蹑脚地靠近树枝堆，猜想着找到的是兔子还是那个失踪的孩子。他们会拿开树枝，看见他整个人缩在洞里头。他想假装昏迷不醒，满身泥巴，衣服湿透，头发肮脏，就是他手里的王牌。其他人听到他们的叫声后都赶了过来。第一时间赶到的是他的父亲，他气喘吁吁，情绪激动，但欣喜若狂。接着大家将他团团围住，如同一圈旋涡，害得他喘不过气来。这时有人点燃火把，火苗熊熊燃烧，而不是木头将烧尽的点点火光。他们会在一片欢呼声中把他挖出来，一双双强而有力的手臂扬起薄薄的一层灰。接着，他被放上担架。人们高唱农歌，畅饮温热的葡萄酒，回到村里。父亲粗糙的手搁在他黝黑的小小胸膛上。一场快乐的庆祝活动拉开序幕，吸引所有的人聚在酒馆。然后，每个人回到自己的家，支撑屋顶的厚实石墙冷却了见证一切的厅堂。这些便是父亲磨损不堪的腰带挥舞起来的前奏，铜扣划破厨房腐臭的空气是如此快速，来不及看到它的闪光。他讨厌自己那副蜷起身体的凄惨模样。

　　他认出老师几乎就在土洞上方擤鼻涕，响亮而黏稠的声音震得那条干手帕飞个不停。这个动作总让学校里的孩子笑破肚皮。他那瘦弱身躯的影子经过他所在位置的上方。当老师对准洞口的树枝堆撒尿时，他只得闭上眼睛，咬牙忍耐。

　　叫声逐渐远离，又过了许久时间。他希望拨开头顶上的树枝时看不到任何人，所以他决定等待足够长的时间。不论待在地底多久，或者老师的尿淋得他的头发湿答答的，或者开始感到饥饿，都没能动摇他的决心，因为他还为着家里见不得人的丑事伤心难过。最后他昏睡过去。

当他醒来时，太阳已经高挂在天空。刺眼的阳光穿过头顶的树枝，微微地照亮他的膝盖。灰尘在光线中飞舞。他一睁开眼，就发现肌肉酸麻。他心想，是身体将他从睡梦中唤醒的。他算了算，自己应该躲在洞里七八个小时了。他决定越早出去越好，于是他非常缓慢地抬起头，去顶洞口覆盖的树枝，却感觉脖子恍若生锈的锁链。他活动开关节，拨开几根树枝，然后东张西望，确定没有半个人影。他可以爬出去，继续往北边前进，他知道那里有座水泉，脚夫们会让他们的驴子在那个地方喝水。或许他可以躲在那儿的芦苇里，趁没人注意时钻进某个商贩的车子，藏在锅子和吊绳之间，等到离村子好几公里远之后再离开。然而，他知道，想抵达那座水泉意味着他得在大白天穿越旷野，唯一的躲藏地点只有偶尔出现的石块堆。在大平原上，任何牧羊人或是猎人都可能认出他瘦弱的身影就是那个失踪的孩子。因此，他别无他法，只能继续躲到傍晚，到时他可能会被错当成干枯的荆棘或者夕阳西下时的一抹黑影吧。他把树枝盖回原位，继续缩在洞里。

躲在洞里的这段时间，他认出了甲虫、蚊子，还有蚯蚓。他摸了摸放背包的凹洞，打开背包，拿出一截香肠，慢条斯理地嚼起来。他喝下酒囊里温热的水，被他藏起来直到逃出来的那天，酒囊鼓胀得好像一只死猫。过了半响，他感觉膀胱胀满。随着时间一分一秒过去，他开始感到疼痛。蜷曲成一团的姿势使他感觉膀胱受到压迫，有时甚至漏出几滴尿来，让他更觉得身体酸麻。当他再也忍受不了，便试着脱下裤子。他努力拉下拉链、松开腰带，无奈空间太小，他几乎动不了。他想着爬出去一会儿，又怕被人从远处看到或者留下线索——即便线索再细微，他们也一定会想办法继续追查下去。过了半响，他终于松开腰带，但裤子只能褪到臀部。他试着拉出夹在两腿之间的生殖器，尽可能离身体远一点，但是他躲的空间太窄了，他马上就发现包皮碰触到脚踝。就在这一刻，他再也忍不住尿意，尿液倾泻而出，就像轮子滚下了坡。躲在土洞里这么多个小时，被他踏得扎实的泥土就像洗脸盆，积了一洼的尿。他的避难所瞬间弥漫尿酸气味，成了充满毒气的锅子。他扭动头部，朝着盖住洞口的树枝，嘴巴寻找枝丫间的细缝，试着呼吸外面的空气。他得出去，他得拿开顶盖，探出橄榄树枝之间，仿佛他的身体是从沼泽底部倏地冒出来的瓶塞。他闭上眼睛，抓住洞里的枯树根。不自觉地忍受压力一段时间过后，他意识到自己肌肉紧绷。突如其来的疲倦让他身体疲软地缩回之前的位置。那股湿热熏得他头昏脑涨，腰部靠着的泥土变软，让他隐隐感到不舒服。困倦让他昏昏欲睡。

外头传来树叶的沙沙声，将他从睡梦中唤醒，这时从洞口照射进来的阳光几乎失去了生气。从声音判断，应该是某种小型啮齿类动物正在嗅闻地面。他得拉直身体，伸展胸膛，抖落泥土，风干他的裤子。他需要离开这里，但要先确认吵醒他的声音对他来说不是威胁。他挺直背部，轻轻地顶着树枝，掀开一丝缝隙查看。离他躲藏地点几米远的地方，有只田鼠正把嘴巴探进卷曲的橄榄树叶中。他把鸟巢似的顶盖树枝一根根拿开。他探出头，像潜望镜一样四处张望。视线扫过橄榄树林，除了那只从弃置的橄榄树枝中逃窜的田鼠，看不到任何生命的踪迹。他爬出地洞，看到淡红的阳光下弥漫着飞舞的灰尘。太阳已消失在远处的地平线外，但是日落处发出的黄色光芒晕染整片平原，拉长了休耕地上的影子。他尽可能伸展整个身体，扭动全身，弯腰，起身，并且踢脚。刹那间，他忘记了自己正在逃亡，没注意自己在不规则的泥块上留下了鞋印。他的裤子依然是湿答答的，他张开腿，伸出手将布料拉离皮肤。他心想，若逃亡时遇到的季节是冬天，此刻的他应该已经冻成了冰柱。

他在几个月前就选好了地点，因为这片林地离村子比较近。当时他不知道自己会在夜里几点离家，也不知道用多少时间可以到达藏匿地点。如果他选择其他方向逃走，那些人远在几百米之外就会瞧见他的身影。这里至少有个掩护。他选择躲在北边的边缘，从这里可以一览无遗地看见自己即将面对的平原。

他脱掉衣服，吊在低处的树枝上晾干。他发现皮肤肿胀并发出恶臭。野鸽围着树冠打转，寻觅过夜的地点。他拿起干泥土揉搓身体，仿佛自己是头大象。很快，他便感觉舒服许多。他从土洞里拿出背包，沿着平原边缘的橄榄树林，走到他觉得比较适合的一棵树旁。他光着身子坐下来，后背靠着坚硬的树干。小石子扎着他的屁股，树皮刺着他的后背。他坐好后，便翻找背包，拿出一块干酪和一块硬面包。他一边吞咽干酪面包，一边凝视夜幕降临大地。头顶上，有几只鸽子在树冠间咕咕直叫。他油腻的双手捧着干酪皮继续啃着，啃完后，正当他打算扔掉残渣时，却停下了动作。他的脑海中回荡着早上呼唤他的那些人的声音。他转过头望向橄榄树林，想象他们找寻他时的身影，以及他们在寂静中大喊他的名字。他转过身看看平原，同时把剩下的干酪皮收到背包里。他的肚子还是很饿，于是再一次翻找包里的东西。他知道吃掉干酪后只剩下半条腊肠，便拿出来闻了闻。他闭上眼睛，让胡椒粒和肉桂的香味钻进五脏六腑。他舔了舔肉，打算吃掉它，但追捕他的那些人的影子再一次浮现，他只得把腊肠收起来，决定留到非常时刻再吃。他敢打赌那一刻很快就会来临。

他花了好一会儿时间，用舌头抚过牙龈，想要去掉干酪留下的辛辣味。他咬了一小口面包，喝了一点酒囊里的水，然后躺在地上，头枕着橄榄树凸起的树根。夜空一片深蓝，高处的繁星好似镶嵌在剔透的天体上面。他眼前的平原抖落了烈阳在白天留下的痕迹，散出地表烤焦的味道和干草的气味。有只猫头鹰飞过他的头顶，消失在橄榄树的树冠之间。他心想，此刻的自己正在这辈子离村庄最远的地方。对他来说，踩在脚下绵延而去的，是一片未知的土地。

2

他在大半夜启程向北，试着避开小径。他的裤子还是湿的，但他已经不在意了。他沿着田地往前走，寻找哪边有最后一次收割完后留下的麦秆堆。他吓跑了一只路上碰到的石鸡，听到了几只野兔听到他那双靴子的脚步声而奔逃的声音。离开橄榄树林后，他唯一的计划是朝着同样的方向前进。他能辨别银河、W状的仙后座以及大熊座。以这个星座为基准，他找到了北极星，然后就往这个方向迈进。

他展开逃亡不过一天，却十分清楚这些时间已足够让恐惧沿着街道抵达他父母的家门口。一股看不见的激流将村里的女人冲到他母亲身边，而他的母亲恹恹地躺在床上，身形跟老马铃薯一样干瘪。他想象着他在家里和村里引起的混乱。村民们聚集在石栏杆旁，希望从半掩的大门窥见屋内的情形。他想象着治安官的车在门口停下来——那是一辆坚固的三轮摩托，每当摩托车开过村子和田野，总会带起一团团黑烟和震耳欲聋的声响。少年很了解这种车，因为他搭过很多次这辆覆盖着一层灰尘的车子。他想起羊毛垫和斑驳的漆布下飘出的油味。引擎的轰隆声听在他耳里好比大天使吹号，融入火与血的雹子将掷入大地，烧掉所有的绿地。

当地只有治安官有一辆有引擎的交通工具，他知道只有地方首长才配有四轮的车子。他没亲眼见过,不过他听过几百遍治安官来村里替谷仓开幕的故事。治安官受到孩子们挥舞纸旗迎接,村民们还宰了好几只羊庆祝。每当参与那次盛事的人描述那辆车,就好像谈起一件神奇的东西。

他小小的身影在一大片夜色中前进。他问自己,在连接他此刻的位置和可能适合他的那个北边的路途中,是否会有什么对他有益。或许路边有果树林、干净的水泉,或者绵长的春日。他无法勾勒明确的期许,但是他不在乎。他要往北边前进,慢慢地远离村子、治安官和他的父亲。他正在路上,这就够了。他以为最惨的情况会是浪费有限的力气在原地打转,或者回到家人身边,而这两件事其实一样糟糕。他很清楚,维持同样方向不变,迟早会遇到某个人或某件事,只是时间问题而已。顶多他会绕世界一圈再回到村子,那也无所谓。到时他的拳头早已跟岩石一样坚硬,或者说应该就是岩石了吧。他会马不停蹄,就算没碰到任何人,也能从自己和地球身上学到足够的东西,让治安官永远都无法逼他投降。他自问,经历了这些事情之后,他是否已学会原谅?如果他被迫穿越严寒的冻地、阴暗的森林和干燥的沙漠,恐怕折磨他内心的怨火永远都无法平息吧。也许是因为无所依靠,才逼得他逃离对他来说已经消失的上帝赐予他的家。也许距离、时间和奔波会消磨他的暴戾,让他平静下来。他想起了学校的纸地球仪,那球体是如此巨大,木头底座几乎无法支撑。一眼看上去,便能轻易知道平原在哪一块,因为世世代代的孩子都曾将手指按在上面。年复一年，村子所在的位置慢慢地磨损，后来连整个国家和四周围绕的大海也都褪去了踪影。

他看见远处似乎有堆篝火，不禁思忖距离有多远。他停下脚步试着计算，但在伸手不见五指的黑夜里根本办不到。虽然他猜想是远方篝火，实际上却可能是几米外火柴点燃的火焰，也可能是几公里外一间陷入火海的屋子。

他像个被征服者亮出的华而不实的东西所迷惑的印第安原住民，往地表唯一的亮光而去。他踩着掺杂黏土和石块的坚硬地面，走了一个多小时。微风迎面扑来，这意味着不管是谁生了火，就算对方有狗，只要他不发出任何声音，就不会被发现。他往亮光而去，但不清楚自己要做什么。对方可能是牧羊人、脚夫或者强盗。他相信，再靠近一些，火光的照明就会给他答案。想到对方可能是罪犯，他心头一惊。他也不知道火堆附近是不是睡着几条癞皮狗。不过，他知道自己需要这位生火之人的食物和水。跟他乞讨，不然就抢劫，这要看对方是谁再决定。他听见火堆的方向传来铃铛声，于是平静下来。不过，就在剩下最后几米时，他还是蹑手蹑脚地靠过去。他的脚踩下去的模样，好像走在榨玫瑰花瓣的作坊里。他在离对方不远的地方发现一丛仙人掌，便停下脚步，躲在那后面查看。

火堆的一边，有个男人躺在地上。他的脸对着火光，但少年依然无法分辨对方的年纪，因为那人裹着一条毯子，从头盖到了脚。远方的地平线上出现一道淡淡的光芒，仿佛炭火，勾勒出笼罩在暗夜里的树木的轮廓。他似乎看到好几棵杨树，猜想羊群兴许是因为树木而待在那里。有只山羊从漆黑的夜色中钻出来，经过牧羊人背后，然后消失了。它的铃铛在空气中留下一声又一声轻响，仿佛一条打了一个又一个结的绳索。另一边，有一头驴子蹲伏在地面上休息。山羊散落每个角落，他看到几只一动也不动的羊，很快地，它们也会苏醒。那个男人的脚边有个大皮囊，还有一条蜷缩成一团的小狗。

微弱火光晃动的阴影犹如黑色的火焰，少年伸长脖子探进树叶之间，想看清楚那个男人的长相。他感到手臂一阵刺痛，赶紧收回了手。大皮囊的扣子发出轻微的声响。小狗睁开双眼，轻轻地竖起两只尖耳朵。它随即站起来，对着四周的空气嗅了嗅。少年维持一只手靠着身体、一只手举起的动作，那条泄漏他踪迹的手臂好似有自己的生命一般，碰到了仙人掌的刺。小狗开始移动，首先在牧羊人附近徘徊，接着扩大搜索范围，慢慢地靠近少年的位置。少年盯着它接近，感觉它似乎并不凶猛，不过他知道千万不要相信这种狗。村里的人叫它们野狗，这是一种追溯不到血缘的狗，体型经过无数次的混种而显得矮小，品种该有的长相也逐渐模糊。狗在距离他几米的地方停下来，转向仙人掌丛。它朝空中嗅了嗅，不知怎么的，它卸下警觉，开始绕着那丛保护入侵者的仙人掌好奇地摇尾巴。它发现少年后，既没有吓一跳，也没有吠叫，反而靠过去闻闻少年伸向前想捂住它嘴巴的手。它舔舔那只手，少年害怕暴露行踪的恐惧也随之消失无踪。看来，他散发的胆小气息和浑身的尿骚味使他与狗的世界亲近。他捧起那小动物的头，手指轻轻地抚摸它的下巴。少年就这么抚摸安静的小狗好一会儿，这段时间足以让他下决定靠近男人脚边的大皮囊。

他打开自己的帆布背包，拿出剩下的半根腊肠。他让小狗坐好，吸吮那根干肉，然后绕出藏身地点，蹑手蹑脚地走向那个大皮囊。火光将他的影子映照在他背后的仙人掌上。当他逐渐靠近时，内心突然涌现恐惧，并有一股掉头离开的冲动。他想要退到安全的地点，等待破晓，再细细斟酌他的选择，但仙人掌后面的那条狗已经吃掉他仅有的食物，他知道自己别无退路。

他重新考虑先前简单而大胆的决定。他要悄悄靠近大皮囊，在羊群的咩咩叫声中轻轻地抓住绳子，把东西拉过来。他知道不可以看那个男人的脸，因为这是一种挑衅，是一种不恰当的行为。他从没偷过大人的东西，除了那条狗现在正在啃的腊肠以外，而此时此刻，如果他有这种打算，那是因为他走投无路。他们家墙壁的石头上刻着老祖宗的训诫，写着当小孩做了不合乎规矩的事时，都该垂头看着地面。他们应该露出后颈，跟赎罪用的祭品或牺牲者一样温驯。根据罪行轻重，要么只打后颈当作惩罚，要么这只是接下来的一顿毒打的前奏。

靠近男人时，少年再次犹豫，考虑放弃偷那个大皮囊。他应该待在火堆边等他醒来，然后向对方表明他只是个手无寸铁的孩子，对他没有任何威胁。他心想，幸运的话，牧羊人或许来自其他地区，他到这里是要寻找最近一次收割后剩余的谷物。他可能习惯孤独，因而非常高兴有他作伴。这个男人或许会施舍他一点东西吃喝，然后他们各自继续自己的行程。

忽然间，他愣住了，因为此刻背后突然传来哼声。他保持安静，全身肌肉因为恐惧而虚弱无力。牧羊人、大皮囊和羊群都消失了，融解他神智的漆黑吞噬了一切。他发着抖，饥饿感死灰复燃。他注意到有个硬硬的东西推挤他的身侧，不自觉地瞄了一眼。小狗正咬着那条腊肠的绳子，用嘴巴蹭他。他深深地吸口气，在地面找个支撑物，回过神来。

那是个厚重皮革制成的大背囊，他闻到干掉的洋葱和汗水的味道。他用两根手指抓住绳索，轻轻地拉一拉。他感到了它的重量，完全忘了要小心。他满脑子都是食物的画面，对囊中之物的想象取代了周遭的一切。他在一片绝对的静寂中成功地将战利品拉过来几厘米，直到贪心地用力一扯，皮囊底部的支撑板在小石子上发出恍若鼓皮颤动的声响。

"你想拿到哪儿去？"

火堆另一边传来低沉的声音，让他动弹不得。火光照亮了他脸上扭曲的表情。他像个哑剧演员，或正是犯错被抓现行的孩子。

"老爷，我饿了。"

"没有人教过你什么叫请求吗？"

这一刻，他真想拿着皮囊拔腿就跑，留下那个盖着毯子的男人自言自语。他想，万一小狗在这一刻变得不友善呢？他还不懂狗的忠诚度，以及物种之间随着时间会越来越亲密的道理。

"孩子，扶我起来。"

少年丢下绳子，迈着碎步走过去。他在两米外停下，盯着那具半裹着毛毯的身体，脸盖着毯子，但露出膝盖以下的腿。毛毯下的男人微微地动了动，他可能正在绑裤头，或正在寻找打火机。等他露出脸，少年已经躲到仙人掌后面了。在他躲藏的同时，微微亮着的光已勾勒出牧羊人驻扎地的一些角落。正如他的猜测，树木的确是杨树，而且他看到干旱在树冠上烙下的痕迹。他数出九只母羊和一只公羊。此外，他还发现一栋先前没注意的建筑——用砍下的树枝搭建的锥形草屋。墙壁上挂着马鞍的肚带、皮带、链子，有一个铁杯和一口黑乎乎的平底锅。与其说那是个避难所，倒不如说更像临时搭建的居所。陋屋和杨树之间有个畜栏，由四根木桩将针草编织的栏围固定在地面上。

他观察的同时，牧羊人只来得及在地上坐好卷根烟。他花了几分钟才支起身子，可能是因为裹着毯子，手脚都被缠住了的关系吧。虽然还是看不清楚他的五官，但从动作可以推测这是个上了年纪的男人，一个穿着衣服睡觉的瘦弱老头。他穿着一件大衣领的暗色外套，顶着一头凌乱的白发，鼻子下面有一抹白。

老头子看到少年从仙人掌后面出来，也没太注意他，因为他正忙着吹打火机的棉芯。少年停在离他两米的位置，从这个距离，他可以瞧清楚他那头脏乱的头发十如稻草，以及外套的手肘部分已经磨损。他坐在地上，用毯子盖住双脚，少年讶异他居然能一直保持这个驼背的姿势。老头子仰起脸望着少年，把香烟夹在一边耳朵上，用手掌围住橘色的打火机芯。这时，牧羊人做了一个少年以后会经常看到的手势。他将食指和拇指弯成马蹄铁形状，用指腹擦干净嘴角的口水。接着，他的食指滑过嘴角，仿佛想要拔掉邋遢稀疏的胡须。

"坐下来吃东西吧。"

老头子指着少年站的位置再过去一点的地方，于是少年按照他的指示坐了下来。过了半晌，牧羊人继续摩擦打火机滚轮，吹着棉芯，但还是点燃不了。少年半张着嘴看他，诧异老头子居然无法用适当的力道正确摩擦滚轮。少年的手动了动，他使用过好几次这种装置。

当老头子终于点燃香烟，吐出烟圈，那只空下来的手便撑在地上，后背跟着放松，好似他终于可以放下不必要的工作了。他嘟起嘴吹声口哨，那条狗便起身奔向正在弓背伸腰的羊群。很快，狗将羊圈在一起，将它们赶向牧羊人。那男人甚至没站起来，他拿着一根木杖，用尾端的钝铁钩钩住其中一只山羊的后腿，把它拖过去。他一只手抓住动物，把毛毯掀到一旁，然后一把抓住它的两条后腿。目睹男人忽然展露的熟稔技巧，少年不禁吓了一跳，毕竟他刚刚想点烟就花了无止境的时间。男人将山羊屁股拉到面前，把黄铜小锅摆在羊的乳房下方。刚开始几道强劲的奶柱震得金属叮咚响。等挤够了，他就拍拍山羊，它跳了起来，往同伴的方向而去。接着，他把小锅递向少年，见他待在原地动也不动，便把东西放在地上，继续抽他的烟。

他们默默地啃着冒水珠的锥形奶酪片、干肉条和一点硬面包。牧羊人拿起他的酒囊灌下好几大口。少年心中忐忑，不知他何时会开口问自己是谁、在这里做什么。他害怕他失踪的消息已经传到这里，他明白自己闯了祸，而且还没离村子太远。一时间，他心想老头子的收留可能是想留住他的伎俩，好等待某支搜寻队伍甚至是治安官本人经过这里。若是这样，他知道自己该采取什么行动。他会冲向仙人掌，蹲在那后面，那些马会围着仙人掌嘶叫而不敢靠近。他们要是想带他回家，就得把他拖出那里。他们的衬衫会撕破，身体流血，或许他们会干脆坐在马上开枪，杀掉他。

老头子吃完早餐后，便把手伸到离自己最近的一个篮子，从里面拿出一张皱巴巴的报纸。他将一些食物用报纸包好，然后把包裹递过去给少年，而后者只是盯着他看，直到牧羊人觉得累了，就把东西放在地上，一如刚才的羊奶。他把剩下的食物收进大皮囊，再一次要少年扶他起来。少年靠上前，这时他闻到对方的体味，混合了甜滋滋的淡淡酒味和皮肤上干掉的汗味。站起来的牧羊人没比少年高多少，穿着一条腰部用绳索系住的裤子和一双像纸板做的靴子。少年扶他起身后，便往后退了两步，盯着他的举动。只见随着时间一分一秒过去，牧羊人的动作慢慢变得灵活许多。他弯下腰拿起毛毯并折好，少年再一次讶异他的手脚移动自如。牧羊人拽着毛毯，再一次吹口哨唤来小狗。小狗站起身，跑到最后几只山羊吃草的地点。

牧羊人走近茅草屋，从充作入口的枝丫间探头进去，拿出一张软木凳子和一个锡桶。接着他拿下墙上的铁杯，一起拿到围成四边形的畜栏旁。那条狗聚集羊群，半是吠叫半是咬牙地威胁着将羊赶过来。当它们抵达时，牧羊人打开畜栏一角，把山羊赶进去。羊都关在里面后，他把木桩插回原本的位置，然后用吊在其中一根木桩上的厚网围住所有的木桩。动物挤在一起咩咩叫，爬到同伴身上，好比一锅沸腾的菜。

牧羊人把锡桶搁在畜栏充当门口的位置。那个容器的口跟底部一样宽，少年不禁想起家里是拿这种桶来清粪池的。牧羊人把容器放在满布灰尘的地上，扳住桶口，转动桶身，直到确定它不会摇晃为止。他从桶里拿出一把扁斧和三根生锈的铁条。他擦掉斧上残留的泥巴，将铁条钉在地上，紧挨着桶的边缘。结束后，他确定容器已像镶嵌的石头般动也不动，便把凳子摆在桶前面，坐了下来。少年待在原处不动，观看这一幕，仿佛见证圣母降临。他半张着嘴，低垂着眼，只有头跟着牧羊人的一举一动移动。

坐在椅子上的老头子拔起畜栏的一根木桩，打开一个狭窄的出口。他把手伸进去，抓住一只山羊的腿，把它拉出来，臀部朝着桶的另一头。他抓住山羊的奶头，放进桶里开始挤奶。他一边干活一边仰头望向天空，似乎在搜寻下雨的迹象。少年像是集电弓，隔着一段距离专注盯着老头子的动作，同时视线也扫过天空。他头顶那片发亮的苍穹已吞噬掉最后的星子。很快地，太阳就会从东边山脊露脸。万里无云。

少年的视线再次回到牧羊人身上。他的头几乎探进羊的臀部,粗鲁地拉扯它的奶头。少年觉得老头子似乎很紧张。不安的山羊踢了踢桶,试着想逃脱,但牧羊人将它的腿绑在两根木棍上。挤完奶后,他放开那小动物,让它逃向杨树,它在那儿安静地啃咬低矮的树枝,直到平静下来。

所有山羊,一只接着一只都挤完了奶。少年看着装满奶的桶,不禁问自己,牧羊人在荒郊野外拿这么多羊奶要做什么?干完活后,老头子起身,把桶拿到放羊奶桶的位置。他把液体倒进去,然后盖好。这时,他回过头对少年说:

"我不管你是逃跑还是迷路。"

少年没料到会听到这番话,不禁缩了一下身子。老头子停顿了许久后,又说:

"等一下会有几个人来收羊奶。"

3

少年守在一棵奄奄一息的杏树稀疏的阴影下，直到中午。这是一棵不常见的品种，矗立在最后几处耕地的边缘。从这个位置可以把附近看得一清二楚，只要搜寻队伍一接近，他就可以马上躲起来，甚至沿着边缘爬着逃脱。离他坐着的位置几米远的地方，是那条带着他来到这里的路，往北方绵延而去。这段时间，他的视线已经掠过这条路不下数十次。首先，是右边一片荒废的橄榄树园。接着，是一条往下的弯路，那儿有座小丘，丘顶高高立着一棵棕榈树。至于远一点的地方，他觉得应该是一棵无花果树。再过去，又能看见路面，穿插在高低的地形之间，直到在三四公里远的地方，被最后一处丘陵遮去踪迹，继续向北。

他回想与牧羊人的相遇。那条狗闻着他的手，驼背的牧羊人在旁边吞云吐雾，双腿盖着一条毯子。中午时分，他的前额滚下一滴汗水，掉落在裤子上，一眨眼消失无踪。他脱掉衬衫，在面前摊开，把背包里的东西倒在上面。他把自己所剩的粮食和牧羊人给的分开来：犹如理发匠的剃刀般硬邦邦的三条羊肉干，一块可以啃食的奶酪皮，一块面包，以及一个半两重的空罐头。"你会用到。"早上时老头子这样告诉他，并把东西丢到他脚边。

"你会用到。"他在稀疏的树荫底下重复一遍那句话。他为什么不干脆给他水喝?难道说这附近处处有泉水,所以他以为像他这样的孩子找得到?还是这是告诉他他们会再见面的邀请呢?当他们下次见面时,他会拿着罐头喝羊奶?

好渴。

日正当中,他把东西收回背包里,穿好衬衫,然后上路。他徒步走到弯路,还没开始往下走之前,他离开弯路,爬上小丘,抵达棕榈树的位置。树干千疮百孔,高处垂下一大把枯死的枝叶。树冠的影子照在地上,树干正巧在阴影的正中央。他卸下背包,清空一块地面的叶子和石头。他跟先前一样脱掉衬衫,当作桌巾铺在清干净的地上。他从背包里拿出食物,摆在衬衫上面,然后坐下来吃饭。他啃着奶酪皮,试着不去想到哪里找水。奶酪皮馊味重,还冒水珠,在他的舌头上形成一层薄膜,让他无法不去想水,因为这种好比腌过的味道只有水才能冲淡。他用舌尖舔舔上嘴唇,站了起来,检查棕榈树附近一座老旧的砖块建筑留下的废墟。它受到太阳和风的摧残,墙壁已化成地面的一堆黏土。他认出方正的地基,屋子只有一间客厅。这种设计在外省很常见,让他想起位于村外的家。

此刻,他孤孤单单顶着太阳,望着这栋两层楼建筑物平滑的轮廓,好似有四个边角的火山口。他爬上其中一个角,站在那儿俯瞰四周,搜寻可能给追捕他的人或其他人提供线索的蛛丝马迹。整片土地朝着四面八方轻轻地起伏,从这里可以看到平坦的地面因为热气作用而变形。

他的视线扫过废墟周围一口残破的井。他猜盖屋子的人应该是选在有泉水或者地下水的地方。他的目光不知不觉地飘到地面，扩大搜索范围，搜寻那棵从杏树位置判断应是无花果树的树。他讶异地发现，这个时节树枝上依然长着绿叶，而且散发出的不是枯叶气味。他整个人盈满想象中的无花果果实甜滋滋的香味，不知不觉地，他的一部分开始在某段愉快的回忆当中悠游。或许是某年夏天午后在火车站的无花果树下玩耍，那是一段纯真无瑕的时光。他躲在柔软的枝丫和裂开的无花果之间。他陶醉在一大片果肉多汁温热的果实当中，熟透的细薄果皮只经得起触摸，而无法忍受一年中最干热的时节。

他的视线在芳香的树荫下停伫一会儿后继续寻找。他在果树后面看到地面横躺着金属水塔的残迹。锈蚀的铁片是靠钉子拼接的，再过去是铁箍，当时应该是用来支撑叉形木头叶片的。他想，那可能是口风车水井吧。他蹑手蹑脚地走到那里，但那个建筑已经解体。一开始，他讶异自己竟然没从杏树的位置看到，但是一靠近那堆生锈的铁片和铁渣细瞧，真正吓他一跳的是，竟有人建了这么矮的风车。他想，如果再高个几米，也许可以利用更高层的风，以另外一种速度转动，替谷仓的主人和他的家人工作。如此一来，那家人也就不会离开，毕竟这栋砖瓦屋盖在水道上头的小山丘上，也可能是个家。他问自己，他们怎么没想到这么显而易见的一点。首先浮上他脑海的是谷仓主人没有多余的铁。那么他为什么不用木头？是什么样的人竟然没考虑清楚就落脚在这样的地方？从建筑物的状态判断，可以解决这个问题的方法迟了太多年才出现，但无论如何，有谁会请教一个孩子像这样的水车该建多高呢？

舌头粘在上颚的感觉将他拉回现实。他来这里的目的是找水。他站在曾是风车水井的位置，一棵枯死的无花果树的残骸卡在栅栏之间。从那缠在一起的大量枝丫，他推测树根底下曾蕴藏丰沛的水源。曾经茂盛粗厚的藤蔓钻进栏杆孔，层层叠叠，仿佛果冻一样交缠在一起。他一寸一寸地检查，直到发现一个没被藤蔓占据的锈孔。他试着往里面看，但只见到一片漆黑，看不清任何东西。一阵清凉湿润的空气从孔里涌出来。他心想，无论如何自己算运气好。那个牧羊人把罐头给他，是要引他到这里来吗？

他找来石子，丢进洞孔。石子一下就落到了底部。不过，对于梦想听到清凉水声的少年来说，时间仿佛拉长，甚至连石子跌落到底部许久之后，才又开始走动。他再丢下一颗小石子，这次他五种感官都打开了。底部传来闷响，没有一丝水花四溅的声音或者丰沛的水声，也没有石头的撞击声。少年心想，井底非常可能是片烂泥地，只有退去的地下水留下的痕迹。

他气呼呼地回到棕榈树旁。衬衫已经不在树荫范围内。奶酪皮的油脂流到衬衫上面，形成仿佛珊瑚礁岩的一片油渍。那个空罐头也变得热烫，看来只有肉干没受到曝晒的影响。他把食物收进背包，穿上衬衫，准备在稀疏的树荫底下休息，等待午后的炙热退去。

时间踩着老牛拖车般的脚步。他饥肠辘辘，但是不碰食物，因为他知道一吃会更加口渴。他的脑海中不断浮现家里那个木桶，里面储存着屋顶在下雨日子聚集的雨水。尽管好几个月没下雨，木桶却一直都是满的。他的母亲负责拿着约十二公斤重的水罐到广场上的水管汲水，以免木桶储水少于内壁的刻度线，这是他父亲的命令。她得到广场，经过妇女们留在那里排队的一排水罐。走到最后面，她就把水罐放在那里，然后回家继续干活。每隔一段时间，她得回到水罐那里，当前面的水罐装满水拿走后，就把水罐往前挪。虽然所有的水罐都是出自村里同一个工匠之手，但大家都知道每个容器的主人。在狭小的街巷相遇的妇女会聊队伍排到哪里，以及那几个小时水管的水量是否增加。夏季时，原本就稀少的水量会变得更少，甚至变成一条细流，令人难过和失望。尽管如此，只要木桶储水变少，他的母亲还是会去汲水。他记得有天下午，父亲冲进他们所在的地方，用力抓住母亲的手肘并带走她。他把她带到木桶前面，抓住她的肩膀用力摇晃，然后拿出他的小刀。母亲张开嘴巴，接着拿出黑色手帕捂住。父亲用刀尖在木桶内壁的上半部做记号，直到刻痕够深后才离去。这时他母亲孤零零地靠着木桶圆滚滚的肚子，瘫坐在地上。那刻痕留下的刨花和木屑漂浮在黑暗的水面上。

他凝视着蔚蓝天空下静止不动的棕榈树树冠，问自己为什么父亲坚持要维持一定的储水量。他想，或许等到水管不再有水的那天，父亲就可以高价售水。或许他想预防严酷的干旱再次降临，以保护家人，成为最后弃村的人吧。他的威严烙印在木桶内壁，仿佛是木头上裂开的一道伤口，那儿挂着一撮撮黏稠的东西。那是种暗示的记号，或者是个封印的密码。那道伤口是从木桶肚子露出的利刃，对准母亲的喉咙。

他走了一整夜，但他知道自己不可以睡着。太阳会西下，太阳前进的同时，棕榈树的影子也会跟着移动，暴露他的行踪。此刻他躺在东边的边缘，想着当树荫交错在他身上时，他得换个地方。他躺在地上，抬头看向两边，计算树影爬行结束的地点。接着，他转回头，沉浸在棕榈树高处的枯叶摩擦时发出的犹如哄人入睡的沙沙声响当中。

他睡着了。

当他醒来时，已经在太阳下曝晒了快两个小时。他发现，从下巴到整个头皮，皮肤非常紧绷。每根发丝的根部都泡在沉重的忧虑里，他不知所措，无所适从。嗡嗡声犹如亮蓝色的火焰，烧着他的大脑，他感觉头就要爆炸。他匍匐前进，爬到棕榈树的树荫下，瘫倒在地上。他身下的灰尘四处飞散，形成小烟云。

他在神志不清时，看到一张橡皮网在布满油渍的河床上方悬荡。看不到地平线，但是一眼发出淡红光线的水泉消失在这个场景的某处。黑暗打赢胜仗，占据了画面。颜色逐渐褪去，他脑细胞之间的空间慢慢地崩塌。大脑在某个时间点苏醒并开始警戒。他的意志仿佛发出警告的拉奥孔，穿过大脑潮湿的暗处后清醒。他头颅中窝的蝶鞍感觉到了某个住在他内心并控制他身体的人。这号人物启动他的器官并打开通道，让血液再次流过崩坏的血管。那个夺到掌控权的少年命令他睁开双眼，但是他的眼皮怎么也打不开。一阵细微奇妙的感觉掠过他的前额，仿佛砂纸摩擦他疼痛的皮肤。他再一次想睁开眼，却徒劳无功，他的眼皮好比皮革窗帘一般沉重。恍若来自地狱的哀叫声由内往外推挤着他的脑壳。他注意到两侧薄膜覆盖的太阳穴咚咚跳动。他感觉眼珠在眼眶里漂浮着，犹如玻璃杯里的冰块。掌控他脑袋的人正在寻找其他选择。他在他空洞的身体里穿梭，直到抵达指尖。他放送电波到末梢神经，又踩又踏，却没能激起任何反应。那温热的砂纸擦过他的脸部，从他的牙齿和牙龈之间钻进去。毫无疑问，他被困在自己的脑袋里，唯一能做的只有等待死亡的降临。他听到沾染油渍的铃铛叮咚作响，笨重的脚步声急急朝他靠近。有人发现了他的身体，或许能埋了他吧！不管他的垂死挣扎是多么可怕，至少身体没被狗吃掉。那种被咬得乱七八糟的死相。它们会一口咬起或者直接在上面啃咬。它们的舌尖会舔干净大拇指的肥肉，而啃咬桡骨的嘎吱声仿佛一场美妙的骨头烟火秀。肋骨在垂挂的肌肉纤维之间漂浮。没有一点痛楚，一切都化为等待，可以是生气或耐心，等到咬到要害处。死因是会引发感染的啃咬，或者心脏被撕裂，但那都不重要，重要的是身体无法起来。就算双手已被吃掉一半也好，只要能阻止狗儿和细菌的派对。有个东西在摇晃他的脸，或许是一只手吧。接着他被打了一巴掌。那个在他身体里的少年抓紧着椅子挣扎。他内心的地震不自觉地触发每个隐藏的机关，让少年睁开了双眼。是牧羊人的脸。离他只有一个手掌的距离，挡住了太阳，仿佛造成日蚀的月亮。

"孩子啊！孩子，醒醒！"

那条狗舔舐他的手，一如先前舔舐他的脸和牙齿。老头子满嘴酸臭的味道熏着他刚睁开的眼睛。当他支吾时，视线落在牧羊人眉心的一颗皮脂粒，仿佛那是竖立在两道眉毛之间的边界地标。眼前男人的额头布满汗珠，一部分滚落鼻子，滑下皮肤，好似泪水。老头子往后退几米，在驴子驮运的一个篮子中翻找。他手里拿着一个罐头，回到少年身边跪了下来。他没扳开少年的嘴巴，因为阳光晒得他皮肤紧绷，此刻他的嘴就像是一只晒干的皮囊上的扣眼，绷紧的程度可比刚出炉的烤乳猪。牧羊人小心翼翼地把罐头端到少年唇边，倒进液体，不过那条狗好奇地在旁徘徊的狗让他一时无法专心，于是老头子举高罐头，让水垂直掉进少年的喉咙。少年噎住，像发疯的小癫子般坐直身子。他眼神空洞，恍若陷在噩梦中的某处无法脱身，一时间看起来不像人类。牧羊人拿走罐头，退到一旁，好似害怕即将发生爆炸。夕阳虚化了四周，将万物染成红色。少年朝空中大叫，犹如刚从连接生与死的隧道返回一样。老头子望着他哀号，幸好他是荒漠中唯一听到这心碎叫声的人。

少年一口口啜饮着水。这时天色已经昏暗，老头子在附近溜达，半晌过后拿着一束野草和一个弃置的蜂巢回来。他用石块搭造炉子并生火。他在发黑的平底锅里倒入油,炒宽叶独行菜和金盏花的叶子。一股怪异的味道跟动物以及夜间干燥的荒地发出的气味掺混在一起。有甘草、奥勒冈叶和岩蔷薇。有干裂的土地。有那棵萦绕不去的无花果树的回忆。有山羊的粪便和尿骚味、酸奶酪,还有几米外驴子新鲜的排泄物带着的湿润温热的臭味。老头子弄碎蜂蜡,加在炒热的叶子上。全部均匀炒完后,他拿一团脏布吸干汁液。少年躺在棕榈树下,任由老头子把草药涂在他头上,一句话都不敢吭,半是因为虚弱,半是因为他需要治疗。

老头子治疗完,在离少年几步远的地方铺上毯子,要他躺在上面。少年站了起来,摇摇晃晃地踏出步伐,好似一根细竹竿,顶端停着养得胖乎乎的欧歌鸫。老头子准备好黑麦填充的鞍座充作枕头,少年小心地把头枕在上面,然后以尽可能舒服的姿势躺在那磨损的羊毛毯上面。他躺在那儿,饱览银河从一头到另外一头的风光,听着老头子来来去去的脚步声和羊群在附近移动的声音。宁静的银河闪闪发光,他认出他认识的星座,并再一次勾勒出以北极星为结尾的大熊星座。他问自己,康复后是否要继续朝着它前进。他注意到牧羊人涂在他脸上的膏药凉后变硬了,仿佛老头子给他戴上一张面具,只在双眼和嘴巴部分留洞。那加了蜂蜡的湿润药草持续纾缓着他依然感觉紧绷的皮肤。他没想到这次意外竟然以瘫在老牧羊人的毛毯上收场。

面包的香味飘到他的脸上方,他发现嘴里口水泛滥。他寻找香味从哪里来,瞥见牧羊人用力踩熄小火堆,撒上泥土,直到火苗确实熄灭。接着老头子走到他躺的位置，站在他的脚边。此刻是半夜，他似乎正犹疑少年是清醒还是睡着。他伸出靴子，用鞋尖顶了顶少年的腿，在他移动之前说：

"吃饭吧。"

"好的，老爷。"

"不要叫我老爷。"

少年走到火堆旁，老头子正在吃饭。他将几个没发酵过的面包块放进一个容器泡酒。灰烬堆另一侧的石头上，摆着一个冒着热气的橄榄木碗钵。少年望了老头子一眼，仿佛在征得进入他家的允许，而后者抬起下巴，指着那个盛装刚挤好羊奶的碗钵。少年坐在石头上，将碗钵凑到唇边，一些奶汁沿着膏药的缝隙流下去。少年发现嘴巴的紧绷感终于稍微减轻，嘴唇可以贴合容器的形状。他一边小口啜饮羊奶，一边打量另一侧的老头子的身影，就这样过了好一会儿。他斜斜地偷瞄，以便苗头不对就开溜，但牧羊人只是专心吃着他的晚餐，压根儿没注意他。少年的视线扫过平底锅，里面还有一半牧羊人做的面包。他心想那应该是老头子留给他的，但他不敢站起来去拿。他做了一个要起身的动作，不过随即打消，也许是不好意思或者害怕吧。

"吃面包吧。"

少年把面包沾温羊奶泡软，学他看到的牧羊人的动作。他费力地咀嚼和吞咽，不过依他的遭遇，饥饿早已经战胜疼痛，这是绝对不变的状况。将碗钵里的东西一扫而空后，他心想着，这是两天前离家以来第一次吃到热食，也是他生平第一次跟陌生人进食。他双手捧着碗，发觉自己从没想到会遇到缺乏食物这么基本的问题，或者要在这种平原生存下去不得不面对的其他状况。他也从没料想需要向人求救，更别提这么快就得去做。事实上，他没料到得逃跑。只是有一天，锅子溢出了一滴水，从那一刻开始，他的内心滋长出逃跑的想法，唯有如此，才能继续忍受他所经历的无声的地狱生活。这个想法开始在他的内心成形，他的大脑也已接受，再也丢不掉它了。除了拿上背包，以及要趁没月光的半夜逃跑，他没其他准备或者计划。总之，他相信以自己的知识能够轻松克服困难，毕竟他诞生在这片土地上，一如生长在这里的石鸡和橄榄树。离家前几晚，他躺在酣睡的兄长身旁，还想象着在兔窝口布下陷阱或拿弹弓捕捉鹌鹑。他学过怎么利用雪貂猎兔，自从他懂事开始，他就跟着父亲带雪貂去猎兔。他们会到一处坡面或者一条地底可能有兔窝而凹陷的道路，将所有的出口盖上网子，再在洞口两侧钉上木桩。这时他们会把雪貂从其中一个洞放进去，然后等待。没过几秒钟，雪貂就会溜到兔子躲藏的转弯处并咬它一口，让它从地道的任何出口仓皇逃出。这时兔子会撞上网子，当它想挣脱逃走，绑着木桩两端的网子就会把小动物收进袋子里。

之后，他们会就着篝火的光，正如此刻牧羊人生的火堆，在星空下伴着徐徐微风，串好猎物并烧烤。当时的他没想到以后会需要水，或者该上哪里去找。简单地说，他根本没预见这条路线。他脑中的地图止于村庄北边边界的橄榄树林。他不知道跨越那里之后的世界。他曾想象或许那后面也是无止境延伸下去的橄榄树林，他会越过一棵又一棵树，一片又一片树荫，直到找到一个适合住下来的地方。然而，他在最后一棵橄榄树下看到的真相却是令他震惊的荒芜平原，而此刻他正在荒原的中央。他不清楚自己离村庄到底多远，能告诉他答案的人，不管是追捕他的那帮人或者老头子，不是不在这里，就是不开口说话。

牧羊人啃着一块不太新鲜的奶酪，结束他的晚餐。当他吃完时，他站起来走向少年。他站在他面前，切下另外一块奶酪递过去，看都没看他一眼。少年伸手接过，将三角形的奶酪塞进嘴里。老头子转过身，绕过熄灭的火堆，把给驴子盖的毯子铺在地上。他从大皮囊里拿出一些泛黄的鳕鱼条，伸出手将上面比较粗的盐巴抹掉，然后放进注水的碗钵里。接下来，他旁若无人地放了几声响屁，准备睡觉。少年看着牧羊人吃力地弯腰，以及一连串想让骨瘦如柴的身体在石子之间找个舒服姿势的动作。

少年吃完晚餐后，继续坐在石头上许久。他仿佛再一次进入充满规矩的屋子，需要某种允许或命令才敢上床睡觉。睡在篝火另一头的老头子传来酣睡的呼噜声，加入了纺织娘与蚱蜢的鸣叫重奏。微风吹拂离地面几米高的棕榈叶，少年于是凝视着叶子飞舞，下方则是垂在树干上的一堆枯枝。他的视线飘过四周。他举起根手指，想寻找微风的踪迹，但找不着。他心想，在棕榈树树冠生长的高度，空气应该比地面还要纯净，某个东西让棕榈树能享受那种芳香的空气。他摸了摸蜂蜡膏药，感觉脸上的皮肤在迅速地恢复柔软和变热。某个东西让他活该被晒伤、挨饿和生长在那样的家庭。"某种不好的东西"，让父亲的身影每时每刻萦绕在他的心头。

天空即将破晓时，小狗将湿答答的鼻子凑到少年的脖子间，叫醒了他。脸上的膏药已在夜里剥落，此刻掉在他脑袋旁，变成黏糊糊的一团东西。他摸摸脸，发现两颊有几颗水泡。脸上的皮肤已不似前一天紧绷，但他依然觉得紧紧的。牧羊人坐在前一晚吃晚餐的位置，啃咬着一块滴下白色汁液的鳕鱼。他拿起酒囊灌下好几大口。少年支起身子，坐在毯子上。他的目光停驻在牧羊人身上，不过对方并没有理睬他。他身边前一晚一饮而尽的碗钵此刻再次盛满刚挤的羊奶和面包块。他双手捧起碗，感觉到手中木头的微温。他再一次望向牧羊人的眼睛，即便知道对方不会看自己，他还是捧起食物，做了一个感激的动作。

吃早餐的同时，他第一次看到让驴子搬运的准备工作。这个将跟随他后半辈子的仪式，慢慢地变成他日常最主要的例行工作。

老头子抓住驴子的头，拉着它站起来。他继续抓着它的头不放，把长长的帆布驮鞍装到它的背上。他在上面盖上一件磨损的粗麻布袍子，装好鞍座，然后把皮带勒到驴尾巴下面固定好。让驴子驮载东西之前，他先整理因为活动的缘故此刻全都堆积到下面的麦草填充物。他用一条粗厚的肚带紧紧地绕过牲畜的肚子，牢牢固定住所有的东西。他在鞍座上盖上围裙，少年不禁想起弥撒时神父施完圣餐回到祭坛前的那一刻。神父在祭坛助手的协助下，慢慢地在圣杯上堆上圣体、圣餐盘、洗濯盆以及圣体龛的钥匙。

最后，老头子在围裙上挂上四个相连的麦秆篮子，调整好在每一侧的位置。在这之前，本来安安静静的驴子出现准备出发的动作。老头子摸摸它的额头，将手指伸进它两耳之间头顶的毛发中，让它恢复平静。

牧羊人把家当分装在四个篮子里。把东西都放到里面后，他看了一眼收好的行李，吐了一口气。他再整理一下一些小东西，绑紧三脚架和平底锅，这才解开双手间绑住牲畜的绳子。

小狗跑来跑去，把山羊赶到驴子后面，惹得它不时踢脚赶跑它们。老头子的视线扫过驻扎的地点一圈，然后一只接着一只数羊的数量。他戴好帽子，向少年伸出手：

"毯子。"

少年立刻站了起来，收起地上的毯子递过去。老头子接过去后，用毯子盖住篮子里装的东西。他对小狗吹声口哨。一如他们之前见面时的情景，小狗跑向那些离得比较远的山羊，催赶它们过来集合。少年问自己，是否对牧羊人来说今天不过是前一天的复制：天亮后吃早餐、上路，以及中暑。老头子抓起缰绳拉了几下。驴子跟着牧羊人开始前进，背上的家当摇摇晃晃，其他成员则跟在它的后面。少年留在原处，凝视羊群从他面前经过，伴着各式各样愉快的哼声和轻柔的铃铛声，慢吞吞地远去。老头子和驴子走在前面，再来是兴奋的小狗，最后是山羊，它们一路留下的粪便犹如彗星划过天际留下的尾巴。当他们离开二十米远后，老头子停下脚步，回过头看向少年。

"我可没时间等你一辈子哟。"

4

他们沿着休耕地走了好几个小时，少年遵照老头子的意思，一直跟在驴子的身边。他们在一处荒废的田野停下脚步，这儿还有最后一次收割残留的谷物。山羊分散开来，低下头开始啃咬稀疏的茎秆。少年头部盖着衬衫，躲在驴子的影子下观看眼前这一幕。老头子则站着，目光搜寻四周这一片旷野。他举起手搁在眉毛处，往南凝望了好一会儿。接着，他从大皮囊中拿出烟盒开始卷烟。卷好烟，他瞥了一眼干净的天空，视线从一头溜达到另一头。他拿下帽子，好让头部清凉一下，接着对小狗吹了一声口哨，再次上路。

他们走在一条石头路上，行进的速度慢到连灰尘也无法扬起。他们经过的地方，不论是耕地还是犁地时留下的车辙，似乎都散发着悲凉的气息。耕地覆盖着一层波浪状晒干的泥土，驮载重物的驴子的脚一踩便陷了进去。几座老旧的菜园仿佛硬邦邦的洗衣板，或那种边缘锐利、外观光滑的脱谷木板。这时太阳已升到高处，驴子的影子无法再让少年躲藏。他每隔一会儿就要拉拉衬衫，试着覆盖头部和背部。他不时望望老头子，希望他知道自己疲倦至极，但那男人似乎无惧毒辣的阳光，只顾埋头向前，好像他们是走在山中的湖边。有一回，少年停下来，想整理充当头巾的衬衫。那条狗停下来陪他，摇摇尾巴，绕着他跑，似乎主人的同伴是它的新玩具。少年故意大动作整理，鼻子还哼哼作响，好似希望衬衫能变大一点，或者老头子可以在一片荒芜中找到山毛榉树林。他顶多能做到的是让牧羊人停下脚步，不过不是等他，而是假装从空空如也的玻璃瓶倒水喝。这时，少年停下整理衬衫的动作，隔着一段距离望着老头子把瓶子凑到嘴边，连忙加快脚步，想赶在他喝光之前到他身边。当他抵达时，衬衫从头部乱七八糟地垂落，老头子已经把瓶塞塞回玻璃瓶。他吹了一声口哨，要大家继续上路。

最后，当阳光令人再也无法忍受时，他们停下脚步。芦苇丛再过去几米，有两棵奄奄一息的赤杨树摇曳着枯叶，伫立在曾有一处小农场的河岸边。一边是一排沿着犁沟生长的苍白树木，不但离茂盛有一段距离，而且更像是平原上的荆棘。另一边，那曾经有水的干裂河床上印着残余的植被勾勒出的等压线线条。它们曾见证小农场的垂死挣扎。蒸发过程留下了波浪状排列的肮脏痕迹。正午酷热的微风吹得植物的茎秆互相摩擦，吹响附近声音微弱的木头铃铛。粗糙的带子仿佛早祷的旗帜般摇晃，不过这里没有趾高气扬的马匹、珠宝或是祈祷文。天空非但没有祝福大地，反而以毒辣的阳光考验它。

牧羊人牵着驴子走到赤杨树旁，在那里给它卸下重物。少年心不在焉地看着他，仿佛这情景不是发生在自己眼前。他因为口渴而头昏脑涨，也或者是因为在出乎意料的地点忽然停下来休息。他泛红的脸起了脓包。老头子回头看他，双手静静地搁在绳索上。全身灰尘的少年呆愣着一动不动。

"孩子。"

牧羊人的声音将他从神游中拉回，他不自觉地转过头。映入眼帘的是正在工作的牧羊人，这是对方第一次正视他的眼睛。牧羊人一只眼睁着，一只眼闭着，上面是两道细长的眉毛，遮蔽他泛白的眼睛。老头子的视线穿透了他，这一刻，他们俩把到当前为止的联结方式重新做了调整，正如同医生以坚决精准的医术治疗骨折。

"孩子。"

随着第二声叫声，少年反应过来，过去给他帮忙。他接过老头子给他的东西，一一拿到树下放好。他们给驴子卸完东西后，老头子便抓起一个玻璃瓶，钻进芦苇丛，挥舞着双手开路。少年看着他的身影消失在芦苇间，山羊也纷纷走向他开的路。他拿起篮子里剩下的玻璃瓶，拔开瓶塞，往罐头里倒，一滴水也没流出来。少年看了一眼牧羊人离开的方向，双手紧紧地握着罐头，咒骂着他。

他在一棵树下坐下来，背贴着树干，视线扫过四周。他想着一条叫灌溉的小溪，那是村里专倒粪水的溪流。他记得那臭味、茂密的芦苇丛、臭椿，以及沿着溪边生长的茅草。他望着眼前这一片犹如化石般苍白的景色，突然站了起来，沿着芦苇丛前进，打算探测周遭地形。小狗依然趴在赤杨树稀疏的树荫下。他踏在一片缺水的土地上，却有股冲动，想把裤脚拉起，以免弄湿。他想要清凉干净的水，不过真正这么强烈渴望的是他的细胞，因为现状加深了向往。他在一棵红荆下面发现了湿润的痕迹。无数条细小的水路往已经不复存在的小农场聚集，仿佛一座小型的河口三角洲。越过芦苇丛而去的一条道路早已被阳光和干裂的土地抹去。柔软的细沙写着徒劳无功的努力。

当他回到驻扎地点时，牧羊人已经安排羊群从他开辟的路进入芦苇丛。里头的羊一只挨着一只，低着头在地面啃咬了好一会儿。牧羊人觉得它们差不多填饱肚子了，便拍拍它们的背脊。这些羊仿佛鱼群，只要有空隙，就立刻会有其他同伴挤进来。牧羊人看少年回来了，便对他指指驴子吃草的赤杨树，树旁放着两个玻璃瓶。少年走过去，摇了摇玻璃瓶。接着，他打开其中一个，一饮而下。水尝起来有泥巴的味道。他注意到自己正灌下沉淀物，牙齿嘎嘎作响，但他一点也不在乎。

他们倚着赤杨树用餐，四周围绕着羊、驴子和小狗。它们全挤在树下，仿佛树荫外是一处深渊。填饱五脏庙后，牧羊人起身，走远几米，背对着驻扎地点撒尿。回来时，他刻意走偏几米，树荫下的少年看见他弯下腰，在地面弄东西。他想牧羊人是在绑靴子的鞋带吧。老头子回到树旁时，手里拿着一片芦荟叶。他在刚才吃饭的地方坐下来，拿出一把没有刀柄的刀子，削好比较宽的部分，拿给少年，要他敷在脸部晒伤的地方。

他们在树下睡午觉。少年把透明的芦荟果肉涂抹在晒伤处，而牧羊人削了一支木头钩子，拿来缝驴子的肚带。稍晚，当阳光不再那么毒辣时，老头子拿起镰刀，要少年跟着他到小农场另一头的针草丛去。在他们绕过芦苇丛之前,少年心头浮现一个预感,于是停下脚步。老头子抵达那丛植物后,回头看着少年。他拿着镰刀,作势要他过来,站在一段距离外的少年却摇摇头。于是老头子对他大喊:

"过来。"

老头子在一丛草前面弯腰,三两下割下一束草。他举起草让他看清楚,然后把草和镰刀放在他的脚边。牧羊人返回驻扎地点,经过少年身边时,吩咐他要割下八到十捆草,带回赤杨树边。少年回过头凝视老头子的身影慢慢远离,直到被茂密的芦苇丛遮住。他走到镰刀旁,遥望半晌眼前绵延的荒野。这些聚集生长的植物就像孤岛,小石子路穿梭其间。他走过几条小径,寻找茂密一点的针草丛,找到想要的便动手割。刚刚牧羊人示范怎么割草时,他没回他半句话。不过,这是他早知道怎么干的活,在家里,是他负责维持屋子四周的清洁。

午后时光将尽,少年完成了他的工作。他把所有的草分成一捆捆的,搬运到树荫底下。他把第一捆拿到牧羊人身边,再继续去搬其他的。牧羊人正在给一只金黄毛色的山羊挤奶,他停下动作,双手抓着奶头,片刻之后又继续手中的工作。没有奖赏,没有报酬,这是这片平原上的法则。

他们的晚餐是羊奶配面包,之后少年拿芦荟敷了一下脸。他看着牧羊人把他下午割的野草编成绳索,看着看着便睡着了。他来不及听到马蹄声穿过黑漆漆的平原传来。他也没看见牧羊人一只手发抖,那突如其来的响声吓了他一跳,好比一把石剑劈开了干旱的平地。他唯一感觉到的是老头子的靴子踢着他的身侧,又听到命令他起床的声音。

他起身,以为快天亮了,而牧羊人已经帮他准备好早餐,但地上只有他刚刚睡的毯子,其他东西,甚至是他割的针草,都已经驮在驴子的背上。

"拿好毯子。我们上路了。"

慢慢升起的上弦月悬挂在地平线上方,发出淡淡的金黄光芒。老头子手拉缰绳,踏着坚定的步伐,带领着羊群。小狗的身影在漆黑的夜色里若隐若现,随时将走偏的羊赶回来。少年抓着驴子的绳索,脚步踉踉跄跄。照之前几天行进的路线来看,少年猜想老头子对这片土地了如指掌,到了正午,他们应该会在某片河边树林或者某处河堤歇脚。不过随着时间过去,夜幕并未褪去,赶路的速度也没减缓,他便明白他们不是在寻找牧草。

破晓时刻,他们在一座焦黄的丘陵前停下脚步,山顶之上的地平线已不见踪影。牧羊人松开缰绳,往前走了几米。他先是走往一边,然后再往另一边,抬起头又低下头,好像正在附近的暗影中寻找些什么。他举起双手揉搓脸颊,然后一边吐气,一边用指腹按摩眼皮。他闭上眼,朝天空抬头,希望感受从山坡吹拂而来的一丝丝微风。他嗅着眼前一扇打开的隐形门,直到在黎明杂陈的各种味道当中,找到逼他们不得不逃到这里的线索。

与此同时，少年见既然停留比较久，便坐到地上休息。他感觉身体的重量渴望地面的支撑。他好想就这样躺在这片干裂的土地上睡觉，可是微风夹带的臭味惊醒了他。他站了起来。这一刻，牧羊人又迈开了他坚定的脚步。老头子往后瞥了一眼羊群后，便重新上路。他们爬上斜坡，避开许久之前残留下来的葡萄树树根。恣意生长的藤蔓掩没了葡萄园，交织成一张已成化石的网。

待他们攀抵高处，地平线再次出现。他们眼前的梅塞塔中央高原在下方形成一个河床地形，散发出一股他们刚才在丘陵下闻到的臭味。少年试着寻找臭味的来源，不过这时天色还不够亮，看不清楚在他们脚下的那一大片恍若珊瑚礁石的坟场。

他们扶着一步都站不稳的驴子，沿着一条小径下去。羊从他们身边依次经过，爬下山时导致板岩纷纷剥落。它们相迭滑下，直达深渊底部，有些因此肋骨骨折。沿路遍布腐烂程度不一的骨骸。除了钙化后的一层粉状物，可见一排排的牛脊椎骨、壮硕的骨盆、一圈圈肋骨，还有一根根牛角。有头眼睛已经腐烂不见的牛还剩皮囊勉强覆盖着。蒙蒙发亮的天空下，有个发出臭味的袋子，那是通向休息地点的指引。

他们驻扎在一棵山楂树的树荫下，离那头腐烂的牛有一段距离。山羊分散在骨骸之间寻找食物。这儿只剩下驴子、小狗和他们两个，仿佛他们是伯利恒马厩场景的雕像。他们吃着浸过酒的面包当早餐,然后躺下来休息。少年几乎是一躺下就睡着,他感觉身体的肌肉都打结在一块儿了。一整夜没睡、葡萄酒勾起的睡意、肮脏的双手、发出难闻气味的高原,是他失去意识前的最后记忆。

他睁开眼时,牧羊人不在身边。他离开睡觉的小洞穴后,看见牧羊人跪在洞口较高处的边缘,举起双手搁在眉边,仿佛拿着一副望远镜瞭望南边。他看着牧羊人从布满石子的地方下来,半弯着腰,臀部摩擦着石头,以免摔倒。有几只羊躲在阴影处,其他的则趁着没人在山楂树旁,用两只后脚站立,吃着树木高处的枝叶。

他在阴影附近溜达,发现老头子在他睡觉时编完了大部分针草。他弯下腰,忍不住钦佩那绳索的强韧,然后问自己老头子要这些东西做什么。牧羊人巡逻完四周后回来,一言不发地回到山楂树下继续干活。少年告诉他想去绕一圈。

"不要离开坟场。"

"不用担心。"

他从没来过这种地方。满坑满谷动物的长形头骨,一堆堆骨头都有骨折痕迹,而之间的缝隙犹如晒焦的大茴香,还有满地因为不停反刍而磨损的牙齿。他看见一只公羊正在一头死掉的牛旁寻找食物,便往那里走去。到了那里,那只公羊动了动,用角顶了顶牛的尸体,吓得一只老鼠从尸体里跑出来。那只小动物停在骨盆位置,紧张地嗅了嗅空气,然后再次钻进它的食堂里。回到驻扎地点,他告诉老头子他看到的东西。牧羊人放下手边的工作，拿起棍子和毛毯，站了起来，往那头牛腐烂的地点而去。少年跟在他后面，直到两个人停在距离尸体几米之外的地方。半晌时间，他们弯着腰，静静地观看那副皮囊的动静。一只乌鸦停在尸体的身侧。那副皮囊的肋骨位置如波浪般上下起伏，仿佛船只变软的船身。这动物体内早已变空，只剩下空空的皮囊，唯一的洞口在生殖器的部位。牧羊人站起来，静静地绕到动物的头部位置。那只乌鸦飞走了。少年见牧羊人举起手臂盖住脸，捂住鼻子和嘴巴。他沿着牛的背脊往前，抵达臀部位置后，便用毯子堵住皮囊的开口。接着他抬起脚，用靴子踩踏肋骨，里面的老鼠便犹如困在陷阱里。老头子敲打羊毛毯子，直到老鼠再也无法动弹。

下午即将消逝，牧羊人也编完针草网。他找来四根粗树枝并擦干净，然后用树枝和网子围起一个小小的畜栏。小狗协助聚集羊群，把山羊都赶了进去。羊全都在里面之后，他们喂一只只羊喝盆子里的水。结束之后，他们的其中一个玻璃瓶只剩下三分之一的水量。少年提醒他，不过他说不用担心，当晚他们会喝羊奶，第二天再去找新的水源。

之后，牧羊人找个位置坐下来，把他留在畜栏唯一能打开的角落。他把桶和铁条摆在地上，对少年说：

"帮我挤奶。"

"我没经验。"

"你站在畜栏门口，听我的吩咐，把山羊一只一只抓出来。"

他们没几分钟就挤完奶。少年讶异全部的羊竟然只有这么少的羊奶。老头子解释这个时节过于燠热、缺水,食物又干,所以动物全都懒洋洋的。

夜幕降临,老头子将老鼠剥皮,拿十字棍剖开,然后生个小火堆。少年不想吃,牧羊人于是跟小狗分享。篮子里还有一点杏仁和葡萄干,但是老头子没请他吃,少年也没有开口要。

5

老头子大半夜叫醒少年,他们沿着来的同一条路离开那座动物坟场。一到外面,他们先是绕了一圈,再往北继续前进。跟前一天不同的是,少年感觉恢复了精神,也能够更冷静地看待命运的安排。他们穿越平原,头顶洒下的月光无法照清楚他们所踩的地面。少年抓着驴子的缰绳,他感觉动物规律的摇晃仿佛祈祷文,而祈祷文又如同他们脚下的土地一般单调枯燥。高处、地平线,以及休耕的土地,都笼罩在漆黑当中。他跟着老头子,靠在驴子身边,任凭自己被卷入故乡的回忆漩涡里。

他的村子建在一处河床之上,曾几何时,那儿有水流经,现在却只是一望无际的平原当中一条狭长的通道。村里大部分房屋集中在一起,围绕着教堂和中世纪的宫殿,其中多数已经无人居住。许多建筑的遗迹——比如当年曾供给整个村庄的菜园,散落在村外,恍若一条银河。街道上矗立着碎石围墙搭配双斜面屋顶的房屋。家家户户的窗户加装焊造的铁栏杆,垂挂窗帘,遮蔽了窗板。每座畜栏的门都紧紧关闭,里头存放着木头货车和打谷工具。有一段时间,整个平原是一片片麦田海。在春季多风的日子放眼望去,麦穗好似海洋的表面,绿油油的芬芳麦浪正等待着夏季阳光的照拂。同样的阳光此刻却晒得泥土发酵、龟裂,甚至化成泥灰。

他记得橄榄树林沿着古老渠道的北侧生长,他也就是在那里找到了藏匿地点。那些树像是一支驻扎的木头军队,为风景点缀了皮革的颜色。树冠经常是由两三根枝丫撑起,那从泥土蹿出的扭曲模样仿佛是老者长斑的手指。很少看到一棵橄榄树真的像是一棵树。这些树的躯干布满树疣,至于裂痕则是某天水渗透过后结冻涨裂的结果。它们像是一群从前线返乡的士兵,伤痕累累但依然在前进。然而长路漫漫,没有人有把握能再继续下去。它们不是时间消逝的见证者,而是时间借由它们才显示出自己的存在。

他的脑海中浮现出贯穿村庄的那条铁路,从西边横越到东边,是古老山谷的轴心。高高地建在由碎石和石屑铺设的路堤上,然后从另一端出去,宛如一道用剪刀剪开的口子。村庄的一头矗立着教堂、村公所、军营以及宫殿,另外一头聚集着围绕一座废弃的酿醋工厂的低矮屋舍。有些屋顶已经塌陷,而一个崩坏的水塘日复一日发出阵阵臭味,仿佛永世的诅咒。相较于那个地方产生的无形氛围,待在动物坟场的几个小时都算愉快许多。铁路在工厂附近分岔,变成三条线路,加宽了铁路的路径。火车站建筑物一边钉着铁屋檐,玻璃已经破损。中央是月台,仿佛狭长的岛屿,上头点缀着六盏摇摇欲坠的瓦斯路灯。接着,是一座装卸家畜的砖瓦码头,加上两座关着粗厚木板门的仓库。尽头的最后一段铁路旁立着一座淡黄色的谷仓,挂着一块上头写着"伊莱翠"的红招牌。谷仓异于一般比例,体积庞大威严,从屋顶平台可以瞭望北边远处的群山,那儿也是梅塞塔中央高原的尽头。这个庞然大物的阴影散发出一种强烈的痛苦。

他们家住在村里少数的其中一栋石头屋里，那是铁路公司在车站附近兴建的房舍。铁路到了这一段，被一条通往乡野和南边耕地的道路穿越。大家管这里的屋子叫"扳道工的屋子"。夏季午后，谷仓的影子能完全覆盖屋顶和部分的院子：这是一处平地，里面有十来只母鸡和三只小猪闲晃。除了治安官和神父，村里没有其他人饲养动物。

干旱降临之前，他的父亲负责路障，并协助站长变换轨道。一天四次，他得一边摇铃，一边放下路障。这时卡车司机会关掉引擎并下车卷烟，同时凝视着火车慢吞吞地开往大海的方向。这个时节，抵达时空空的车厢总是满载谷仓里的燕麦、小麦和大麦离开。干旱来了之后，平原枯萎甚至死去，麦子不再生长，而铁路公司拆掉车厢或者干脆扔在那里。车站关闭了，站长被派遣到东边一点的一个空缺。那一年，超过半数的家庭都搬走了。少数留下来的人不是自己有口深井，就是之前靠种麦发了财。还有一些人这两样东西都没有，但是接受了干旱大地的新规则。他们家没有井也没有财富，可是选择留下来。

他们在几棵老杏树下停下来休息。夜晚燥热无比，他们几乎喝完仅剩的一点水。跟前一天不同的是，少年认为牧羊人知道该往哪里去。有一次，他们靠近一处铁丝围墙，沿着墙走，找到一道可以穿越到另一边的裂缝。他们穿越一片休耕地，抵达一条新的道路，继续往西边前进。忽然间不再往北走，让少年以为牧羊人是漫无目的地行走，不是寻找牧草，而是对四处溜达更感兴趣。他自己在乎的是他们远离了那个村庄。

曙光微露，他们看到地平线上出现了一栋只剩断壁残垣的建筑物。他们越往前，地形也越崎岖，那片废墟就在干枯的麦田之间时隐时现。最后的陡峭斜坡慢慢地揭露令他们凝望许久的画面：有一面高耸的灰浆石墙，上面缀着一排城垛，隔开道路和荒芜的石头地。这是唯一完整站立的围墙，幸好它靠着一座圆塔。墙上有几排高低不一的正方形孔洞。这片废墟原本可能是城堡或者中世纪的碉堡。有人在塔圆顶部竖立一尊耶稣像，举起手祝福这片平原，雕像的后颈有三道青铜做的光芒。少年看到这尊像，脑海中立刻浮现村里每个孩子都听过的传说。根据比较常听到的版本，北方或东北方某个地方有一座城堡，城堡里住着一个男人，由一群可怕的护卫保护。这个男人夜以继日都待在一面城墙的高处，高举一只手，警告旅人不要靠近他的城堡。有人说他其实不是在比手势，而是挥舞着武器。据说他的头会发出光芒，朝平原的四面八方横扫而去。也有人提过野狗，以及他的护卫会抓走小孩，带到男人面前，让他拿他们做实验，试试最野蛮的凌迟方式。

他们从一面通往城堡的缓坡下去。抵达之前，他们停下脚步打量建筑的外观。这条小径穿过城堡，再过去一点变成一条旧时高起的灌溉水渠岸边的曳船路。断成一截截的柱子在地面升起的热空气中扭曲变形。在柱子边，还能欣赏那长得不得了的下凹渠道，昔日有驳船满载树干与麦袋航行其中。他们离开小径，穿越石头地，抵达一处即使墙崩塌也不会压到他们的位置。谨慎或是恐惧不知不觉占领他们的心头。他们凝视那面围墙好长一段时间，仿佛眼前的是绝无仅有的奇景。左侧是圆形塔楼、墙壁，后面是他们来的地平线。往塔楼方向看，可以看见一扇半圆拱形的土坯门。围墙较高处，也就是大门拱顶石的上方，垂挂由三个梁托支撑的堞口，依旧完整无缺。山羊在寻找干草的驱使下，已随意占领空间。围墙若在这时倒塌，它们铁定逃不过一劫。少年停下脚步检视雕像，这让他想起挂在村子教堂里的耶稣圣心图。一瞬间，他很想回到那里，将其他孩子集合在学校操场，告诉他们他的发现。他尤其想对他们说，恐惧不会在城堡里蔓延，而是在村子街道上出现爆炸和有毒烟雾时出现。

半响过后，少年转向老头子，等待他凝视完毕，他们可以给驴子卸下家当，然后休息。牧羊人伫立在那里，视线停驻在墙壁上。少年心想，他可能睡着了。从他较矮的身高，可以窥见牧羊人拉长的鼻孔、从那黑漆漆的洞孔冒出的白色长毛，还有他四天没刮的白胡子和从那张神游的脸上耷拉的下巴。少年有股冲动，想拉他的袖子，把他从神游之中拉回，但他们并未亲密到如此程度。他干咳一下，挠挠后颈，装出尿急的模样，但没能引起老头子的注意。

"老爷。"

牧羊人立刻转过头，仿佛受到冒犯一般，这时他们才迈开脚步，前往那面围墙。抵达之后，老头子瘫靠在墙壁边，由少年负责驴子。他把篮子里的东西一个个拿出来，摆在老头子旁边。结束后，他卸下篮子，再把牧羊人的东西放进里面。老头子要他拿来鞍座充当靠垫。少年试着想把鞍座从侧边拿下来，但因为牢牢地安在驴子背上，因此他再怎么努力都没成功。他从篮子里翻出做围栏剩下的一条针草绳，绑住鞍座，然后把另外一端绑在城堡掉落的一块大石头上，接着拉紧缰绳。驴子动了一下，鞍座于是滑出来，掉到地上。

他把鞍座交给牧羊人，近距离观察他。少年发现他比前几天还要疲累，外表看起来像是病了。老头子说他们要在城堡停留两天，因为这附近有口井，同时这里也是方圆百里内唯一有阴影遮蔽的地点，而且山羊能在这里觅食。少年环顾四周，放眼所及只看得到石头和硬邦邦的泥土。只有一些干巴巴的黄芪属灌木丛，还有收割后留下的稀稀落落的残余谷物，可充当动物唯一的食物。少年心想，到这一刻为止，他们每一天都需要找到有阴影的地点，至于山羊的食物，这里是他们曾经停留的最贫瘠的地方。他转过头看老头子，发现他躺在石头上，头枕着鞍座，脸盖帽子。他心想，赶了这么多路后，牧羊人已经精疲力竭，他们停留在这里，势必是因为他那把老骨头已经无法承受。他弯下腰，抓住玻璃瓶瓶颈摇一摇，看他们还剩多少水。

正午时分，少年让驴子背上驮鞍和篮子，然后把玻璃瓶和挤奶的桶放进去。牧羊人躺在他临时的床铺上，跟少年描述他会找到什么。他举起手指路，出发前，他把麦草帽借给少年。

从城堡就看得到井旁的储水池，不过抵达时，少年早已挥汗如雨。正如老头子告诉他的，他找到了圆形的储水池，而几米外是低矮的砖头挡墙和一道厚实的拱门，上头垂挂一支带四根尖角的铁钩。有人把原本横摆在井口两侧的木棍丢到底下，没有留下把木桶放到水里的开口。幸亏有铁钩，他才可以慢慢地把木棍钩上来，打开一个开口。

他花了两个小时打水，直到装满两个玻璃瓶。他塞上瓶塞，抓起第一瓶想放到驴子身上，但是抬不起来。他得把两瓶各倒掉一半，即便如此，他还是费了九牛二虎之力才将它们放回篮子。

返回城堡时，已是日落时分，少年疲惫不堪。他卸下水，让驴子休息。他让羊喝完水后，便坐到老头子身边，待在那儿凝视太阳藏身到围墙后光线的千变万化。鸽子扬起振翅声，飞回塔楼歇息。

上弦月慢慢升起，他们俩在月光下享用酸臭的杏仁和葡萄干。吃完晚餐后，少年收好东西，然后在距离老头子躺卧的位置两米外搬开石头，清出一块空地。这时，他发现一个野兔的头盖骨，重量很轻，带着微笑的表情。他捧在手中，伸出手指抚过那复杂的线条。他想象把这个脑袋挂在一个小小的暗色木头椭圆花饰上面，仿佛那是某次打猎的小战利品。头颅下贴一块金色金属片，上面标示猎人的名字以及获得猎物的日期。他把头盖骨搁在一旁，卷好袍子塞在头下面。他累得不行，连他刚卷好的枕头散发出驴子的气味，都令他觉得很愉快。他跟老头子道过晚安，而如同以往，他没听到回应。他躺在那里，视线搜寻夜空中他认识的星群，之后仰望升起的月亮。乳白色的月光烧痛他的眼睛。他闭上眼，拱形的明亮弯月依然出现在他的眼底，挥之不去。准备睡觉时找到的头盖骨也浮上他的心头。接着是治安官家展示战利品的艺廊的回忆，掠过他犹如湿润画布的眼帘。他记得他第一次进入治安官官邸的情景。他的父亲陪着他去。木头的酸味和地面木板长条发出咯吱咯吱声，这是在其他地方看不到的一种地板。他们俩在阴暗的客厅等待，他父亲把帽子压在胸口扭拧着。这是一间狭长的客厅，镶板式平顶，挂满羊头、鹿头以及牛头。

"这是你儿子吗？"

"是的，老爷。"

"真是个漂亮的孩子。"

治安官的声音让他睁开了眼，他感觉眼皮充血肿胀。他仰脸咬着嘴唇，感到一股黏稠的液体从眼内角钻了进去，开始堵住他的鼻子。他吸吸鼻涕，让呼吸畅通，而这声音让他警觉，因为他害怕被牧羊人听见。

"别怕。你在这里很安全。"

老头子的声音从大地传来，在一层层的岩石之间开辟了一条路，除去他们生活难闻的气味。少年脖子僵硬，没应声。接着蝉声从某个地方传来，少年吸了鼻涕然后吞下去，直到感觉干净的空气从鼻孔钻入。他擦干眼睛，双手枕在头下面，不一会儿就睡着了。

少年睡在离牧羊人几米远的地方，但第二天一早却在安静的老头子身边醒来。平原持续的天色照明令他睁开眼睛，他首先注意到的是牧羊人身上散发的酸臭味跟他自己的一样浓烈，不过也有点不同。他眨眨眼睛，想让头脑清醒，然后爬回他睡觉的位置，期盼牧羊人还在睡觉。老头子仍保持着他们前一晚吃完饭后同样的睡姿。他转过躺在鞍座上的头，要求少年带一只山羊过去给他。少年觉得难堪，他发现老头子比他还早醒来，他们依偎在一起，但老头子没躲开，他不知道对方会怎么看待这件事情。他站了起来，抖落身上的灰尘。他的衬衫沾染油渍，而裤子破成一条条恍若马尾巴的布条。

用完早餐后，老头子要少年把毯子撑起来，以免被晨间的阳光晒伤。少年把毯子的两个角穿过围墙两边的洞，拿棍子固定住。完成之后，他在老头子身边没有阴影的位置坐下来，等待其他指令，这像是他开始调整他们共同的生活。牧羊人的关节越来越僵硬，只能躺在无情的天空底下。少年扮演老头子的助手，扛起想在这片平原和荒野活下去得干的活。他们默默不语好一段时间。老头子靠着鞍座，少年则在大太阳底下等待。当他再也受不了时，便站了起来，沿着围墙漫步，然后在另一头的阴影处睡着了。阳光再一次叫醒了他，因为太阳已来到围墙上方。他回到牧羊人那儿，两人啃掉了剩余的奶酪和剩下的一点干肉。

老头子下午大部分时间都在读《圣经》，书角是圆的，他通常都把书用破布包好保存。他伸出一根手指,一边指着上面的字,一边一个音节接着一个音节地念出来。少年跟狗逛遍废墟四周,在巡察途中,他认出了城堡古老地基遗留的残迹。他问自己,所有那些建成墙壁和圆顶的石头都到哪儿去了呢?他发现几具蜥蜴干尸以及鸟类反刍吐出来的几个球状物,里面含有无法消化的细碎骨头和毛发。在围墙的西南边,他找到了一些羽毛和一块块变形的皮,他猜那是猫头鹰饱餐一顿后剩下的残渣。

他走到围墙前方地面的另一头,从那边的斜坡往下走。兔子在这里筑窝,可以看到几十个出口。少年回望老头子躺卧的位置,跟他说自己的发现。他告诉他到处都是兔子活动的痕迹和粪便。他也跟他提起利用雪貂猎兔的经验,以及类似老头子在动物坟场抓老鼠的方法。他讲到在铁路路堤打猎的日子,怎么在打猎完毕后将动物从后腿吊起来,棒打后颈,直到它们断气。"野兔会变成这样。"他边说边模仿表情,两只发抖的手往前举。少年说,七月是抓石鸡幼崽的最好时节。"选在中午最热的时间,当一只母石鸡跟其他公石鸡在一起时,挑选一只,追着它跑,不要停。它们会累得跑不动。"接着,他描述怎么给兔子剥皮和怎么扭断幼鸟的脖子,不过没提到母亲。在他身旁的小狗摇着尾巴,仿佛想替少年的冒险故事烘托气氛。当他讲完后,老头子告诉他不可以猎兔,因为他们得生火烹煮,这样一来会引来那些正在追踪他们的人。听到老头子不同意,少年沮丧不已,毕竟这是他第一次感觉能帮助这个似乎无所不知的男子。他的丧气甚至让他无法理解老头子刚刚的回答。

　　这天接下来的时间，他们分开了。牧羊人继续读他的《圣经》，少年则跟小狗到围墙的另一头。下午结束前一刻，牧羊人用棍子把大皮囊钩过来，从里面拿出一块面包和仅剩的发酸的杏仁。他一边等着少年回来，一边拿两颗石头敲开杏仁。他两手发抖，无法把硬壳转到适当的位置。其中一次他还敲到手指，痛得他倒抽一口气。太阳西下时，少年回到老头子身边，一手拿着棍子，一手拎着兔子。小狗在他的四周跑来跑去。

　　老头子尽管浑身酸痛，还是负责剥兔子皮。他双手拿着兔子，掂了下分量，似乎很满意抓到的猎物。接着他在兔子脚和肚子上割了几刀，慢慢地剥皮，直到剥得精光。他把内脏丢给小狗，要少年扶他站起来。他们一起到了塔楼那边，当老头子拿石头搭火炉时，少年到附近绕绕，寻找可以燃烧的东西。他们照着处理老鼠的方法来烤兔子。整顿晚餐他们都没开口，只是啃干净附着在骨头上的碎肉。用完餐后，老头子开始卷烟，少年负责清理灰烬并处理骨头与毛皮。就当他在远离城堡的地点埋掉吃剩的垃圾时，他想起老头子曾警告他生火可能引来的危险。少年伸出脚弄乱泥土，完成掩埋工作，回到牧羊人身边。他看到牧羊人站在离毯子几米远的地方，一手撑在墙壁上，背对他撒尿。香烟的烟雾缭绕着他的头部，好似一团悲观的思想。

　　"你怎么知道有人在找我？"

　　老头子不吭声，他安静的模样恍若罗得的妻子凝望着恶火焚身的所多玛城。少年等待他的回答。牧羊人的手依然撑在墙壁上，他撒完尿并抖了抖。他转过身，少年看见他的裤子湿了一块，粉色的龟头露在裤裆外。

少年拔腿就跑，身影消失在漆黑当中，这是他出自潜意识的反应。他跑往没几分钟前掩埋垃圾的地点。当他跌跌撞撞经过老头子身边时，朝老头子踢了几颗石头，然后铆足全力继续逃往井的方向，直到脚撞上储水池的门。他躺在黑暗中，感觉脚尖上的血在往外流。当他恢复平静，便爬到储水池那里，背靠着砖墙。他从那里可以窥见围墙模糊的轮廓和围绕它的平原。老头子缓缓转向他的影像占据了他整个脑海。还有那湿答答的龟头、剥完皮的兔子，以及搜寻他下落的那些人。他猜这次的停留一定是等待，等待把他交给治安官。他心想老头子是假装腰酸背痛，带着他到这里，让他在远离村子的地方接受制裁。他想象着牧羊人站在围墙下凝视他牺牲的样子。他希望远离这一切，他很难过，哀叹自己的命运。远处传来羊群的铃铛声，让他分心。一瞬间，他的注意力转向城堡，那儿静悄悄的，没有一点动静。狂奔后他不觉得胃胀了，便沉浸在羊群的声响中，坐着，头垂在胸前睡着了。

天亮时，小狗的嘴伸进他弯着的脖子之间，叫醒了他。半梦半醒的少年推开它，不过小狗再次过来磨蹭他的下巴。少年睁开眼，首先映入眼帘的是摇着尾巴的小狗，它的脖子上挂着牧羊人在他们第一次见面时给他的罐头。少年抚摸小狗，然后在井栏前伸伸懒腰。他看见夜里撞到的已生锈的门，试了试受伤的脚。虽然还有些疼，但他相信应该没有骨折。

少年跟着小狗一起回到城堡，这时已是正午。他们抵达时，老头子正睁着眼躺在他的位置上。他的裤裆已经干了，没露出什么东西。少年站在一段距离外，老头子盯着他看。

"坐下。"

"我不想。"

"我不会对你做什么事。"

"你知道有人在找我，要把我交出去。"

"我没那样想过。"

"你跟大家想的都一样。"

"你误会了。"

"为什么要带我来这里？"

"因为比较远。"

"什么比较远？"

"离人群比较远。"

"我的麻烦不是人群。"

"任何人看到你都会去告发。"

"这是你要做的事，是吧？"

"不是。"

"你跟其他人一样。"

"我救了你一命。"

"我猜是因为有奖赏可以拿。"

老头子没回应。十米外的少年绕着小圈走动，他焦躁不安，这股沮丧简直吓得他要尿出来。

"我不知道也不想知道你为什么要逃。"

少年停下脚步。

"我唯一知道的是，这里不是治安官的管辖区。"

少年从牧羊人嘴里听到"治安官"这个词，感觉鲜血在脚跟沸腾。这股火焰从地面往上蹿去，焚伤他的身体内部，让他感到难堪。他从另一个人口中听到了撒旦的名字，感觉那个词推倒了围住他的耻辱的高墙。他赤裸裸地晾在老头子和全世界的面前。少年往后退几步，蹲靠在温热的石墙边。他感觉到岩石粗糙的触感，于是慢慢地拼凑出这片平原给他的线索。他心想，正是因为这里远离人烟，不在治安官的管辖范围内，他们反而能对他为所欲为。只有这些石头会亲眼见证他被凌虐和处死。他站了起来。

"我要走了。"

"随便你。"

少年解开小狗脖子上的罐头，拿给牧羊人看。

"我要带走这个东西。"

"拿去吧。"

他把玻璃瓶的水倒进罐头里，连喝好几口。接着他把罐头收进背包，弯腰抚摸小狗的下巴。离开前，他拉紧充作腰带的皮绳并环顾四周。晴空万里。他举起手摸摸头，没再多看牧羊人一眼，便把城堡抛在身后，踏上往北边的路。老头子支起身子目送他离开。小狗开心地跟在他后面，好像他们是要去城堡附近探险似的。它在少年身边跑来跑去，直到它停在他前面，前脚趴在他大腿上，要他抚摸。少年将它推到一旁，继续走他的路，小狗也不再坚持，默默地跟在他后面。他们走了十五或二十米，牧羊人吹了一声口哨，小狗于是不再嬉戏，它竖起双耳，往城堡方向看去。少年在它身旁蹲下来，摸摸它的脖子，在它耳边低语，这使它不再紧张，轻松愉快地返回围墙那边。

少年再一次站起来。他抖抖裤子，注意到一阵热风从脖子后面吹过。面对前方茫茫的路途，他叹了口气。就是这一刻，他听到微风捎来隐约的引擎声。他回过头，看见远处的曳船路扬起一阵尘雾。薄雾让他看不清楚地面，无法分辨声音是来自哪个东西，只知道它越来越清晰。他的视线不自觉地搜寻牧羊人，看见他跪在那里，举起手搁在眉毛上，看着尘雾的方向。这股提示有人到来的风翻动着地面上摊开的《圣经》轻薄的纸张。牧羊人朝他比画，要他蹲下来。

少年紧张地往四周张望，想找个可以逃脱的地方，可是遍寻不着。他的身后是牧羊人、围墙和一堆瓦砾。其他方向只有绵延不断的无情平原，他不可能找到藏身之地。他蹲下来，手脚并用地爬回围墙。他经过老头子身边，继续往前，直到撞上石头。

"躲好。"

少年前胸紧贴地面，靠着手肘继续匍匐前进。小石子扎进他的前臂，撕裂了他衬衫的袖子。他沿着塔楼反向的墙边爬，到了尽头再爬到墙的另一面。脱离那些人的视线后，他继续拖着身子爬向瓦砾堆,直到围墙的中央。那条狗好奇地跟着他,等着少年丢给它木棍,或挠挠它的下颚。它会暴露他的行踪。于是少年蹲下来,靠着墙壁,招来小狗,伸手抚摸它的下巴,要它安静下来。

那群人越过曳船路,往城堡方向的小径而来,老头子认出了治安官的摩托车。他的身旁跟着两个骑马男子,马蹄铁撞击地面的卵石,擦出了火花。

牧羊人吹了一声口哨,小狗停止摇尾巴。它四条腿僵直,竖起耳朵。它的头抽出少年的手,朝围墙飞奔而去,回到老头子的身边,后者正在翻找大皮囊里的东西。那些男人抵达后,摩托车的引擎声变成爆竹似的噪声,吓跑了塔里的斑鸠和鸽子。

羊群让到一边。老头子松开手,最后一条肉干掉落在他的脚边。小狗在他身边坐下来,开始舔舐和啃咬那条硬肉干。它一下子就弄软并吞下去。

牧羊人站起来迎接他们。他脱下帽子,点点头表示欢迎。其中一个骑马的男子碰触他那顶软帽的帽檐回应。另一个留着淡红色胡子的家伙则看了周遭一圈,他们三人只有他携带武器。那是一把双管猎枪,枪托上有雕刻纹样。治安官关掉引擎,虽然山羊依然咩叫,颈部的铃铛也作响,老头子却感觉万籁俱寂。治安官脱掉皮手套,将两只手套搁在一起,放在附属座位的边缘,手指朝向里面,手掌的部分垂挂在外面。他并没有下车,而是拿掉橡皮松紧带眼镜,打开防风头盔,露出了脸。他的头发湿透了,双手抚过脸颊,仿佛洗脸一般,手指张开,把濡湿的发丝往后梳。他从附属座位拿出一顶棕色的毛毡帽,充当扇子扇了几秒钟,然后放到头顶,小心翼翼地戴好在眉毛之上。

"老先生你好。"

"老爷。"

"现在你肯叫我老爷了?"

治安官有力的声音在石头间回荡。躲在墙壁后的少年觉得脖子后的毛发都竖立起来。他感觉一股热流流下瘫软的脚,浸湿了靴子。尿液沿着皮革往下,在他身体下面积成湿答答的一摊。如果他继续待在这里,那个男人只需要绕过围墙就能找到他。

"天气很热。"

"没错。"

牧羊人弯下腰,拉拉玻璃瓶的香蒲手把,不过抬不起来。

"来口吗?"

"老先生,谢谢你。"

治安官举起手示意,其中一个助手靠近牧羊人,但他没有下马。这个男人的身躯是如此魁梧,相形之下坐骑显得很小。他待在牧羊人身边什么动作都没做。老头子再一次弯下腰拉手把,马匹的肚子几乎在他的头顶。他双手捧着容器,闭上眼睛,终于抬到腰的位置。男人弯下腰,拿起水瓶,交给他的长官。后者拔开瓶塞,喝了好大一口。那水沿着他的下巴往下流,浸湿他围在脖间的沾满灰尘的手帕。喝完后,他举起手背擦嘴,然后把玻璃瓶还给他的手下。这个人让马后退几步,把水交给同伴。他没喝，只是泼湿脸、脖子和衬衫。

"柯罗欧，喝点水！你这个混账！"

红发男子作势要他不要烦他。

"你还不知道这老头是否有酒。"

"他会有的。"

"有一次我认识一个十二岁开始就没喝过水的人……"

"不要烦我。"

治安官转过头，他的视线不必扫过他们，就能让他们立刻噤声。

"我们在找一个失踪的孩子。"

牧羊人看向地平线，皱起眉毛，似乎在回忆什么东西。他思索了一会儿该怎么回答治安官。那可是个高傲的男人。

"我已经好几个礼拜没看到半个人。"

"你应该感到非常寂寞吧。"

"我有山羊陪伴。"

红发男子站起来，脚踏着马镫，似乎想让胯下透透气，或者从围墙上看过去。他的视线扫过围墙，寻找蛛丝马迹。他像个首都来的工程师，要鉴定城堡留下的废墟。

"我相信你跟它们玩得非常开心。"

拿着玻璃瓶的男子爆出响亮的笑声，治安官的脸勾勒出一抹淡淡的微笑。老头子不为所动，那个叫柯罗欧的男人心不在焉，也没有跟着笑。接下来出现几秒钟的静默。老头子站立着，吃力地支撑着驼背的身躯。治安官则伸出手抚过下巴，思考下一个问题。

"你跟你那群动物从非常遥远的地方来。"

"我是牧羊人。我追逐牧草而居。"

当治安官继续跟老头子讲话的同时,红发男子拉拉缰绳,他的坐骑踏出脚步。他沿着乱石堆前进,走向少年逃跑的围墙的另一端。老头子费了好大的劲儿不去看治安官的助手,因为任何看往那个方向的动作都可能让治安官确定他似乎已经知道的事情。那个男人沿着废墟慢慢走,当他绕到另外一面时,少年已经不在那里。他下马,徒步绕着墙走一圈,但他没注意到染上少年鲜血的碎石。他走到围墙的中央位置,伸出靴子,用鞋尖翻动少年遗留的淡淡湿痕。他持着猎枪的枪托,弯下腰,用手指沾了一点沙子,凑到鼻子边。

墙的另一边,治安官正在跟牧羊人说,他不觉得这里是个牧草丰盛的地点,这种干草在村外也找得到。他告诉他在这里不会有人买他少得可怜的羊奶,之前他带他去看其他适合他放牧的地点时,就该听他的劝告。他提醒牧羊人他当时说过的话:"到近一点但是离开我管辖区的地方。"

红发男子继续搜到塔楼的门前。进门之前,他先停下来观察矗立在干净的晴空之下的圆形建筑物,几只逃走的鸽子已经返回。男子小心翼翼地将头探进门里。到处都是鸟类的排泄物,还有两只幼鸟干枯的尸体、碎裂的蛋壳,以及某只被猛禽分尸的老鼠的残肢。排泄物如同羊皮纸的气味遮去了淡淡的童尿骚味。治安官的下属将伸进塔里的头往上瞧。昔日的螺旋梯此刻只剩下第一阶还完好无缺。第一阶之后就是一段沿着墙壁往上半突出的石头螺旋线，仿佛螺丝上面的螺纹。鸽子的粪便、羽毛和树枝堵塞了通往屋顶平台的出口。没有上面的光线，离地面三米的地方便陷入漆黑，看不清楚。

"畜生，给我出来。"

男人的声音从下面传上去，穿透了少年的脑壳，鞭打着他的理智。少年站在梁托上发抖，他刚刚爬了上来，此刻便要失足跌落。

"臭小子，如果你在这里的话，给我出来。"

治安官和另外一个男人也到了。红发男子从塔楼探出头，转向他们。

"方圆十公里没有其他可以躲藏的地方。他要么死了，要么就在这里。"

"柯罗欧，不要紧张。如果他在这里，一定会出来。"

"这里面看起来什么都没有。"

治安官抿紧嘴唇，顺了顺几乎已经干掉的头发。他站离几米，检视塔楼的外墙。他走近入口，把头探进去。他伸出脚翻动沙子覆盖的地面，翻出了老头子和少年前一晚烤兔肉的灰烬。他回到外面，拍拍嘴唇，瞥了一眼红发男子，不发一语。接着，他朝两名助手比画，对着天空挥舞结实的手指，同时慢慢地举起双手。那两个男人没响应半个字，各自走往自己的方向。治安官则站在门楣下，从外套的内袋掏出皮制的烟袋。他松开绳子，拿出一本卷烟纸簿。他拿着一张棕色薄纸和一点烟草，卷了一根近乎完美的香烟。那两个男人回来之后，看到长官正坐在石头上，四周缭绕着白色的烟草烟雾。他拿着银制的打火机，把玩着开关。

"这附近什么都没有。"

治安官举起拇指比向他身后的围墙，那两个男人手下长官沉浸在自己的思绪里，往围墙那儿走去，找到坐在篮子上假装读《圣经》的牧羊人。

"死老头，闪到一边去。"

牧羊人吃力地站起来，让到一边。那两个男人举起麦秆篮子，把里面的东西全都倒在地上。平底锅撞到石头，发出如同钟声般响亮的声音。白铁油罐里最后一点油洒在灰尘上，不过牧羊人什么动作都没做。他们拖走了麦秆篮子和黑麦填充的鞍座。到了塔楼里，红发男子撕破鞍座的袋子，掏出部分黑麦草，堆成一座小山。然后，他把剩余的马具摞在上面，压扁麦秆篮子，在塔楼内堆了个火堆。治安官用打火机点燃了那堆草，接下来的工作就交给密闭的塔楼和燠热的天气。短短几秒，火焰已经超过门口的高度，往塔的上面蹿去。他们几个保持距离以免窒息，看着那堆草被火焰吞噬，烧成了黑色丝状物。几只鸽子在较远处墙壁上的洞口咕咕叫着。

少年根本来不及惊吓，求生的本能使他第一时间朝墙壁紧靠过去，仿佛这样能在梁托上挤出更多空间，让他可以奋力跳过烟雾和火焰，到塔内的另一头。他的细胞取代思考，在众多可能的选择中，并不考虑先跳到噼啪燃烧的篮子上，再冲到平原干燥的空气中。逼不得已的话，他宁愿选择让犹如雪貂般不长眼的恶火吞噬甚至取走他的命。

他使尽吃奶的力气，往上爬到离地面够远的高度，以免火烧伤他的脚。他的位置正好在塔楼的中间，要烧到他还有一大段距离，让他在窒息并掉到火堆上之前还有几秒钟的时间。

他摸着背后的墙壁，不确定自己要找什么。或许是一扇不存在的门，或许是一位舔舐他伤口的母亲。微弱的火光照亮塔楼内部，当他看清楚正前方有个狭长的阴影时，心中燃起一丝希望。他心想，那或许是扇窗户，也可能是楼梯中间摆置某个圣人雕像的壁龛，就像他们村里耶稣的神龛。他在狭窄的梁托上转过身，摸索背后的墙壁，想要找到可以抓住的把手。到处都摸得到坑洞和裂缝。他将两只手插入坑洞里，让自己能踩着残余的阶梯或墙壁崩落时留下的窟窿移动。不知花费多少时间，他终于来到了那个阴影处。有个封起来的小窗口，或许可以从那里穿过墙壁到外面吧。他在三角形的窗台蹲下来，伸出手摸着那些挡住出口的石头。从下面蹿上来的烟已经到达他的位置。他搬出的几块石头掉到火堆上面，因为惊慌让他无法准确控制自己的动作。幸运的是，治安官正在门外抽烟，他的助手在一段距离外聊天，他们等着掉下来的是尸体而不是石头。

当浓烟烧烫他的背时，他的力气和意志也已用尽。他终于把脸凑到开口处，深深地吸了口气。烟也从同样的出口钻了出去。恍若永恒的短短几秒内，他张开的嘴得跟灰烟共存，他的眼睛因此刺痛，头发干焦。他把脸紧紧贴着石头，割开了太阳在他脸颊晒伤的伤口。某一刻，他吞下烟雾，必须退后到塔内咳嗽，以免门外等他的那些人发现他的踪迹。慢慢地，塔内的烟雾变小，少年得以把脸从小窗口抽回。他伸出黑黑的手指摸脸，感觉到一股灼热。

当篮子烧断成一截截的线时，治安官回到塔楼入口，想要查看刚才的行动有什么结果。他急忙抽完烟，把烟蒂丢到地上踩熄，吩咐他的手下过来看看。红发男子靠近塔楼门口，竖耳细听。他出来后凑近治安官的耳边说，或许他们应该再等久一点。他的长官一脸不耐烦地看着他，比画个手势后，便再次找块石头坐下来，卷另外一根烟。红发男子回到同伴身边，继续低声跟他聊天，他们俩一个望着塔楼，一个望着往南延伸的平原。他们恍若死者的亲属，不自在地等待葬礼结束，迫不及待地想返回酒吧。

治安官抽完他的烟后，便把烟蒂丢到抽完的第一根旁边，抬起靴子踩熄。他理好帽子，一言不发地绕围墙转了一圈。看着塔楼的男子伸出手肘顶了顶他的同伴，两个人便跟在长官后面离去。这期间，马匹散开来在羊群之间吃草，而牧羊人正闭着眼睛祷告。

6

少年躲在藏身处，一直到羊群混乱的叫声、男人的咆哮声和摩托车的引擎声平息许久以后。燃烧的有毒气体最后散去，少年想象着被大火焚毁的鸟蛋、变黑的蛋壳，还有里面孵化了一半的胚胎。他蹲在那儿好几个小时，两腿酸痛，可是他决定继续忍耐。他想要确保下去时治安官并没有坐在塔楼门口等着他。他躲在上面，虽然身体又脏又黑，但一条命还在。一个小时接着一个小时过去，他不知该如何形容身体忍受的折磨。他不禁问自己，究竟是牧羊人指向塔楼，让他们决定放火烧，还是他们认为塔楼是唯一可能的藏身地点。

他从小窗口望见夜幕降临，感觉皮肤像被腌过般剧烈疼痛。他听见肚子叽哩咕噜地叫。蹲伏这么久之后，他早已感觉不到弯曲的膝盖和挤压在一起的肌肉。他没听见牧羊人的声音。最后他沉沉睡去。

夜半时有个声音吵醒了他，那是从塔楼底部传上来的气息奄奄的叫声。墙壁之间弥漫着一股熏过的焦味，皮肤的紧绷感和嘴巴的干黏感再一次出现。他从小窗户看出去：高挂的月亮发出淡淡的光芒，地表几乎泛蓝。叫喊他的声音还是不太清楚，但变得稍微大声：

"孩子，你在里面吗？"

他听见牧羊人的咳嗽，接着是身体倒下发出的闷响。塔楼内的石头恍若奶油般滑溜，他得伸出靴子，用鞋尖探寻哪儿有可以踩的凹洞。他花了比预期还久的时间爬下去。终于到达地面后，他发现牧羊人仰躺在塔楼中央。他拉拉牧羊人的袖子，晃晃他的身体，想要叫醒他，不过对方都没反应。他低下头，将耳朵贴在牧羊人的胸口，想要听听心跳声，可是隔着衣服听不见。他触摸牧羊人的身体，寻找他的脸部，却发现他的胸口湿湿黏黏的。他决定把牧羊人拖到外面，就着朦胧的月光看看他发生了什么事。他拉住他的双腿，花费许久时间，才将他拉到塔楼门口。到了外面，他低下脸凑近牧羊人的嘴巴，确定他还有一丝气息，只是微弱而不规则，不过他还是不知道他为何如此瘫软无力。

他蜷缩在一动也不动的老头子身旁一整夜。一阵轻柔的微风捎来几只羊躁动不安的声响。牧羊人额头发烫，在睡梦中痛苦呻吟，仿佛一首单调的、持续不断的赞美诗乐曲。

少年精疲力竭，直到早晨的阳光转强，他才醒了过来。这时他才恍然大悟发生了什么惨事。躺在他身边的老头子只剩一团破布蔽身。治安官和他的爪牙脱掉他的外套，拿起棍子把只穿衬衫的他毒打了一顿。布料紧紧地粘在被重打的位置。他满脸干涸的血渍，变形的嘴唇冒出脓包，合上的眼皮肿胀发炎，恍若熟透的无花果。他的四肢遍布淤青，而那木棍在身体两侧烙下痕迹，犹如画出来的肋骨。他拍拍牧羊人的脸，想叫醒他，无奈他还是不省人事。他使劲拉住牧羊人的手臂，想要扶他起来，可是他的身体好似被螺丝锁死在塔楼的地面上。他于是用力甩他巴掌，唯有如此才让老头子恢复了生命的迹象。

"孩子，别再打我啦。我已经被打够了。"

他闭着眼躺在那儿，挤出有气无力的声音，而与其说是他开口说话，不如说更像是从他内心发出的回答。少年举起双手捧着自己脏黑的脸孔，用粗糙的手掌猛力揉搓皮肤。他摇着头，却非但没有舒缓压力，反而更加紧张。他无法理解此刻发生的事，只觉得需要放声大哭、大叫或者自残。

"把水拿给我。"

少年飞奔而去。围墙的另外一边，也就是前一天下午的阴影处，躺着大约六只断头的羊。伤口上聚集着苍蝇，勾勒出咧嘴的笑容。苍蝇在尸体上来来去去，堆栈在一起，挤满伤口，制造感染并在上面产卵。在远离屠杀现场的地方，还有三只羊正专注地吃草，填饱它们的五脏庙。驴子在不远处。小狗和公羊不知去向。

篮子里的东西散落在围墙边。有翻倒的油罐、平底锅、抹布、铁钩木杖以及修剪羊毛的剪刀。小篮子里的葡萄干被抢走，香烟袋被掏空了。他找到散落在地上的水瓶，瓶塞已经被拔开。他高高举起，想喝点水，但连一滴也倒不出来。

他把容器带到老头子那里，在他面前倒给他看。老头子的嘴唇逸出失望或者是认命的哼声，似乎想把眼睛闭得更紧。这个坏消息让他身上的棍伤更灼痛，也让他更气怒不已。看到这般剧烈的疼痛，少年心想，唯有他的虚弱才让他没办法自杀吧。

"挤羊奶。"

少年决定不用牧羊人挤奶的方法，他想，把桶固定好再绑好山羊的四肢会花太多时间。他找到瞥见治安官和他的助手出现时扔掉的喝水罐头，拿起衬衫下摆擦干净，往山羊吃草的地方走去。他悄悄地靠近其中一只，但山羊发觉他出现便飞也似的逃离了。他转向下一只，但它也同样逃离他和他的罐子。他在那些动物后面追了好一会儿，可它们就像水银般从他的手中溜开。他回到墙边去拿铁钩木杖，努力回想牧羊人使用的方式。他把竿子夹在手臂下，俨然一副唐·吉诃德模样，举起尖端指向那群动物。木杖比他想象的还要重，再加上挤奶需要的工具，他迈步时重心不稳，整个人跌坐在地上。于是他用两只手举起木杖，从后面接近他的猎物。他把铁钩伸到它的腿之间，但还是被山羊发觉然后逃跑了。他又试了几次，决定动作粗鲁一点，追在它们后面时把铁钩往前伸，让它们跌倒。他终于击倒一只，立刻松开木杖，扑到羊身上，使它的四肢动弹不得，直到它乖乖认命。

他捉住它的一条后腿，把它拖到围墙边。他往后退着走，那只动物摇摇晃晃，每隔几米就跌倒一次。他光是抓个动物就花费许多时间，接下来还要挤奶。他多希望听到牧羊人的命令后，能够立刻捧着装满羊奶的干净碗钵出现在塔楼前。他多希望展现身手，证明自己没白白浪费待在他身边的这几天，已在不知不觉中观察他并从中学到智慧。他不知道自己其实希望老头子能以他为傲。他先把山羊的前腿捆绑起来，再绑在一块石头上。他把罐头放在它的乳房下，接着跪在后方。山羊往后猛踢，第一次踢中他的胸前下方，第二次踢在他脸上。他把脸挤在小窗口时留下的伤口裂开来，血流如注。他翻倒仰躺在地上，喘不过气，肺部无法张开，令人讶异的是隔膜似乎失去作用。最后他站了起来，张开嘴巴，伸展四肢，终于吸到一些需要的空气。他继续喘着气，直到恢复正常呼吸，然后靠近那只羊，踹了它的肋骨一脚。羊闷声哼一下，片刻后又开始寻找地面的食物。少年摸摸脸颊，感觉手指滑过一块失去感觉的骨头。他瞧了一眼双手，见它们已染成猩红的血色，一如那种节庆时淋上糖衣的苹果。他其实来不及思考，但脸颊汩汩的鲜血仍让他想起在塔楼上待的那几个小时。他的皮肤粘附灰烬，脸颊因为拼命挤在小窗口而红肿。他的头发变成麻絮，发出一股恐怕得花上一辈子才能除掉的难闻烟味。

　　他听见老头子的呻吟声从围墙另一边传来，立即忘记自己的伤口和撞伤的痛楚。他在附近找来一些麦草，摆在山羊前面。他把罐头摆回羊的乳房下面，跪在它的身边。他血迹斑斑的双手抓住奶头往下拉。那奶头犹如熔化的橡皮般拉长，但是什么也没挤出来。他伸展指骨，按摩乳房。他朝手掌吐口水，合掌摩擦，混合了血迹、灰烬和口水。他再试一次。他的手指笨拙地搓着，直到几滴奶滴落地面。那只羊乖乖地啃着草。过了好一会儿，他挤出的奶终于比较像是奶柱了。他的罐头太窄小，起先对不准罐口，奶汁都喷洒到灰土上。于是他把罐头靠近奶头，单手继续挤奶。当他挤好一点奶时，便站起来，拿去找老头子。

在他忙碌的这段时间，太阳已经越过围墙正上方，开始照在塔楼的那一侧。他找到躺在烈阳底下没有丝毫遮蔽的牧羊人。他看起来不省人事，少年心想自己耽搁了太久。他伸出发抖的手甩了老头子一巴掌，但是没有得到回应。他决定把老头子带到阴影处。他抓住老头子的腋下，试图拖着他走，但他实在太重了。他吸了一口气，感觉疲惫犹如千斤重，累积许多小时而无法顾及的干渴也忽然爆发。他把罐头内的羊奶一饮而尽，甚至当里面已经一滴不剩的时候，他还是把圆形的金属容器压在脸上好一会儿。

他徒步走在干硬的土地上，寻找驴子的踪迹，结果发现它正在旧排水沟那儿吃草。那是某个人在他们之前试图从这片荅蒿的平原夺取东西的痕迹。这座化为废墟的城堡亲眼见证一切。驴子拖着一条垂在地上的绳索，上面的毛已磨损精光，他便拉着那条绳索把驴子带回来。这只温驯愉快的动物身上有勒痕造成的溃伤，胸前东掉一块毛、西掉一块毛，秃顶粘有干掉的泥块，那是干涸的芦苇丛池塘的痕迹。

缰绳不够长，无法绑住老头子的身体。少年站在他的身边，视线扫过周遭，想找找有什么器具或者绳索，可以把老头子搬离这个地方。他没找到需要的东西，倒是在老头子的头旁边发现治安官丢掉的两根棕色烟蒂。他想象那些追捕他的男人一边抽烟一边观看篮子燃烧，不由得气得咬紧牙根。

他抬起牧羊人的脚踝绑在缰绳上。绳子太短了，打了一个结，老头子的靴子就几乎触到驴子的嘴巴。他使劲推动物，让它心不甘情不愿地向后退。驴子在他耳边嘶叫，他感觉那声音似乎穿透了他的心底。他们前进了几米。牧羊人垂在地上的双臂毫无力气，因为拖拉而被扯到了后面。搬运过程中，围墙剥落的石灰岩慢慢地粘附在牧羊人的后背，仿佛那是脱壳的石板。他发出呻吟，少年把一边耳朵凑近他的嘴巴，听见他不规则的但让人满怀希望的呼吸声。

他飞奔到围墙另外一边，把用来盖驴背的粗麻布袍子拿回来，想垫在牧羊人的后背，可是徒劳无果。于是他只得选择清干净通往阴影处一路上的石子。阳光晒得他头皮刺痛。老头子的皮肤已经开始泛红长泡。苍蝇像黑色的牙齿般飞来飞去。他应该停下来休息一下，但是牧羊人正在等他。他趴在地上，在灰土上开出一条路。他搬开石块和泥灰，再一次推驴子，第一次根本拉不动牧羊人，还害他痛得扭成一团。他的呻吟已几乎微弱得听不见。他的两条腿被绳索紧拉，悬在半空，后背摩擦地面而衣服破损，双手像是没人操控的船舵。

少年把粗麻布袍子铺在城堡入口前，把老头子拖到那里去。他拖他的手臂，又拉他的脚，总算把他尽可能舒服地安置好。少年抬高他的头，将一块平坦的石头放在布底下，然后低下头聆听牧羊人想告诉他的话。

他以令人欢欣鼓舞的速度和效率完成了牧羊人的第一个要求，没过多久，就拿着装满羊奶的罐头回来。他打开牧羊人的嘴，将手指头伸进去，然后倒进一些羊奶。牧羊人衰老的颈部皮肤底下的喉结开始移动，胡子也跟着动了，恍若海底水流抚过的一片海草。接着，老头子移动手指要他停下来，自己拿起罐头凑到嘴边，一口喝光剩下的奶水。

　　他背对着老头子撒尿在罐头里，不过量不多。这几天来他的尿量都不多。尽管如此，他还是尿出一点点深黄色的液体，发出尿氨的气味。他捧着尿回到老头子躺的地方，把裤子的破布条浸湿尿液，清理他的伤口。他注意到每次一擦，老头子就绷紧身体，闭上的眼睛迸出一些泪水。老头子抓住少年的手，要他暂停一下。少年于是停下来等着，与此同时老头子的手紧紧地抓住他的手肘。等到他放松力道，少年便继续进行牧羊人交代的工作。完成治疗后，他想站起来，可是老头子还是攀着他的手肘不放。于是他把罐头放到一旁，在老头子身旁躺了下来，就这样，两个人都坠入了梦乡。

7

当他睁开眼时,太阳已不再把围墙的阴影照在地上,而是抹去它的轮廓,融入在他们面前往北边地平线方向绵延而去的昏暗当中。他身旁的老头子已经清醒,双手交叉搁在胸前,一双眼盯着天空,视线恍若要穿透头顶之上堞口间的梁托。少年坐了起来,眼神迷失在远处的景色。这时老头子开口了:

"还剩多少只羊?"

"三只。"

"公羊不算。"

"公羊不见了。"

老头子合上眼,叹了一口气。

"也被他们杀了吗?"

"我不知道,只看到母羊的尸体。"

"看仔细点。"

少年站起来,视线扫过他们眼前的一片土地。他举起食指,算了算尸体。

"六只死掉的母羊。狗跟公羊失踪了。"

老头子心想狗迟早会回到这里。至于公羊,他猜想他们可能抓住它的角拖走了。或许治安官会宰了它,把它的头跟他其他的战利品悬挂在一起。

"你应该尽快去找水。"

"如果你口渴,我可以挤奶。我知道怎么挤了。"

"是羊需要喝水。"

少年拿起挤奶桶去找水。离井边几米处,他撞见栏杆上停伫着几只乌鸦。到了那里,他挥挥手吓跑鸟,然后把头探进洞口去。里面传来嗡嗡声,他觉得大事不妙。午后西斜的光线几乎无法照到井底,不过足以让他看清楚水面浮着肚破肠流的断头公羊。附近的苍蝇全赶来参与这一场飨宴。它们仿佛宾客进出会场,栏杆上头的半圆拱门停满密密麻麻的黑点。

当他回到围墙边时,夜幕已几乎降临。他告诉老头子他的发现,而后者听到这乍临的厄运不禁哼声连连。少年注意到牧羊人流露出前所未有的沮丧。

"不要担心,我相信我们可以在附近找到更多水源。"

"没有了。没有其他水源了。"

"你怎么知道?"

"我就是知道。"

"那么我们去别的地方呀。"

"我去不了任何地方。"

少年安静下来。如果牧羊人走不动,势必得由他到其他地方去找水。他的脑海中浮现前几天的情景:中暑、干渴,以及夜间赶路,恐惧油然而生。都是因为牧羊人在身边,他才得以保住一条小命。

"你得自己去找水。"

"我不知道哪里有水。"

"我会告诉你。"

"我很怕。"

"你是个非常勇敢的孩子。"

"我才不是。"

"你长途跋涉来到了这里。"

"那是因为跟着你。"

"那是因为你意志坚强。"

少年不知该回答什么。

"你看见了耶稣像上的光芒了吗?"

"看到了。有三道光。"

"对,一道代表记忆,一道代表理解,还有一道代表意志。"

少年抬起头,黄昏在围墙的高处剪裁出一抹黑色的身影,可以看出长袍、双手和光芒。少年着迷地听着牧羊人的话,他的担忧暂时一扫而空。

"耶稣也曾遭到百般折磨。"

"我不想再受到折磨。"

"那么我们就留在这里渴死。你很快就不会再感觉到痛苦。"

老头子告诉他北边有个小村庄,那里有口井。老头子不确定距离,但是到那里肯定要花上几个钟头。老头子告诉他得尽快带着驴子出发,不过出发前,他在城堡还有些工作要先完成。

首先,他得把棕羊的尸体带到围墙边。接着老头子命令他把死掉动物的铃铛拿掉，再把尸体运走，离城堡越远越好。

他拖着动物的尸体在石头上行走，一直忙到夜深。每隔一段时间，他就得停下脚步，举起手背，擦掉额头上的汗水。在太阳下曝晒一天，断头山羊的内脏开始腐烂，肚子肿胀，肠子内聚集致命的毒气。秃鹰和乌鸦很快就会赶到，组成一支大军，好几公里外就能看得见。它们的叫声此起彼伏，黑色的翅膀仿佛螺旋桨般盘旋在灰扑扑的地面上方。一时间，少年有股冲动，想放火烧了尸体，一举消灭引来吃腐肉的动物和引发疾病的所有可能。不过，他随即想到半夜的火光大老远就能看得见。幸运的话，经过火烧塔楼之后，治安官已经当他死了。但牧羊人本被折磨得不成人形，放火烧山羊尸体会引起治安官和他的爪牙怀疑他一息尚存。

堆好动物尸体后，他回到城堡，在牧羊人身边坐下来。有一阵子，两人都没开口说话。老头子浑身疼痛，少年则体力透支。当他就要闭上眼睡去时，发现牧羊人抓住了他的手肘。

他遵照牧羊人的指示，磨利一把钢制的老刀。这是一把钝头工具，刀尖有个缺口，刀柄缠绕纺线。他将刀子用石头磨利，直到边缘变成一条银色的直线。接着，他把棕羊翻过来四脚朝天，把它的头跟四肢绑在一起，把刀片从断头的伤口切进去，将肚子往下剖开到乳房处。他在家里看过母亲给家中饲养的兔子或野兔清理内脏。连他自己也曾宰过鹌鹑，扭断它们的脖子，不过那是另外一回事。这是另外一种动物，它的肚子露出泛蓝的肠系膜，他的手根本抓不住。他再次插下刀子，划开肿胀的羊肚子。尽管刀刃粗糙,还是切开了那些腹白线,好似划开温热的奶油那般轻易。那股冲天的腐臭气味恍若奔逃的灵魂穿透他的身体,令他想起新鲜的灰泥。他别开脸,和牧羊人的视线相遇,他正躺在他的位置上静静地观看这一幕。他感觉牧羊人的双眼催促着他,他这双笨拙的手仿佛就是他的手。

一开始冲出来的气体已经消失。出现在他面前的是一个浴缸,溢出七彩虹、白布、小球泡泡,往四面八方尽可能扭曲。老头子等他清空动物的内脏,然后照他之前肢解野兔和老鼠的方法去做。难处理的肠系膜让他慌了手脚。他卷起袖子,一手拿着刀子,看着牧羊人,耸耸肩。

"手从肠子下面伸进去,找到最细长的部位,从那里切下去。"

一个小时过后,尸体堆旁摆起一堆杂碎,形成一幅讽刺的画面,恍若未来悲惨的地狱景象,或者某个逞凶之徒的警告。他不得不边走边捡从手里滑落的内脏。

接下来几个小时,躺卧的老头子陆续给少年指示,他也默默地一一完成,仿佛他是服从另一个人思想的工具。

他开始肢解山羊,切断它的四肢,然后笨拙地剔除骨头。他从剥好的肉中尽可能抽出肉条,摊在石头上,抹上大量的盐巴。处理的过程中,他犯了一个错误——擦掉脸上的汗水。于是盐巴钻进他脸上因为濡湿而变软的伤口。他痛得闭上眼睛,脑中一片空白。他没失声尖叫,而是抬头望向天空,一如圣塞巴斯蒂安在受折磨时号啕大哭。他不自觉地开口哀求。他双手灼热，脸像是被盐巴烙伤。他转过身，举起手到眼前，仿佛两面屏风围起烛台。假使眼前有个沼泽，他一定毫不犹豫地跳进去。老头子亲眼目睹他痛苦翻转的一幕，试着想站起来，即使他帮不上什么忙。少年跪下来，蜷缩成一团，把手伸离脸部。老头子往他的方向伸出手，以仅剩的力气扶住他，让他慢慢地倒下，闭上眼睛。

在如丝一般的月光照拂下，他解开刀柄的纺线。他的眼睛红肿，脸颊依然发烫。他在附近找来两根木棍，插进墙上的凹洞。他把纺线绑在两根木棍上，把一条条的肉挂在上面。最后，这面泛蓝石头搭建的围墙仿佛挂起一抹令人作呕的微笑，不久后会停伫密密麻麻的苍蝇。接着，他收拾器具，分类摆在牧羊人旁边，好似这是海滩上的船难景象。他照着牧羊人的指示，集合仅存的三只羊，把遭砍头山羊的铃铛项圈接成带子，将它们绑在一起。他把羊群拴在附近的石头上，也就是老头子木杖可以伸到的范围内。他给驴子戴上驮鞍和围裙，将两个空玻璃瓶绑在一起，放到驴子背上，仿佛那是一双用鞋带绑在一起的靴子。

凌晨时分，他完成了上路的准备。这时几乎没有半丝微风，围墙的石头正在静静地散热。他们吃掉仅剩的一点东西果腹：面包屑、一把地上捡起来的葡萄干和一点酒。吃完后，老头子要少年在他身边坐下来。

"我要教你怎么挤奶。"

少年一脸诧异地看着牧羊人。在其他时候,他听到这番话肯定高兴不已。然而,遭逢这一次的不幸,他听到牧羊人要花时间教这件事,感觉怪异极了。

"太晚了。如果我不赶快上路,就要天亮了。"

"我知道太晚了。"

"可以等我回来再教我。"

几只黑色的鸟飞过,往井的方向而去。它们拍打翅膀时,犹如木板在漆黑的夜空啪啪作响。驴子哀凄的身影在他们面前垂着头动着。少年热泪盈眶,不过他没有放声哭泣或吸鼻涕。他只是待在弓着身子的老头子身边,感觉天空摩挲着地表,岩石之间传来古老的声响。他想象着在一处山毛榉林有一座水磨坊,远处是高低起伏的地平线。天际联结着大地,笼盖四野,背后则是高高耸起的山峰。也就是众神的居所,是神父挂在嘴边的天堂。一片绵延而去的青绿,上面随意错落的树木毫不在意地茂盛生长。有枫树、杉树、雪松、橡树、北方松树以及蕨类植物。永远湿漉漉的岩石间涌着水,覆盖一层青绿的苔藓。湖泊全都清澈见底,阳光照耀布满石头的河床。湍急的水流瞬间变缓,阳光勾勒出往上升的七彩螺旋。

忽然间,少年吸吸鼻涕,站了起来。他抓住一只山羊,连铃铛绳索都没拆掉,就带到老头子面前。接着,他坐在他身边等待,看他把罐头摆在正确的位置。当一切就绪,牧羊人要少年抓住牲畜的乳头。少年手做碗状,托住奶头开始挤压。这时牧羊人抓住他的大拇指调整位置,让指甲把乳头往其他手指的方向推挤。他的手覆盖在少年的手上，不发一语，揉搓奶头挤出乳汁。就这样，老头子通过这个必要的姿势，传授给少年这份工作的要领，把多年积累下来的智慧精华之钥交给了他。不管是如何给动物挤乳汁，还是让谷穗长成一片小麦田。短短时间，罐头和油罐都装满了羊奶，山羊也被榨干了。他们把油罐的奶留给牧羊人第二天喝，两人一起喝掉罐头里的。

稍晚，少年骑上驴子，瞧了躺着休息的牧羊人最后一眼。他的胡子沾着干掉的奶水。他似乎是睡着或者不省人事了。一丝轻柔的微风吹来，让他想起了自己的脸好一段时间都会像是发烫的星体。

"提防村里的人。"

老头子疲惫的声音从他躺的位置传来。

少年转过头望向北边，朝他未知的命运看了一眼。接着，他调整好放在驮鞍上的背包，戳刺驴子的后脚，让它小步地往前踏进，在他打着酸味的嗝时，载着他远离城堡。

8

夜空清朗，上弦月高挂天上。他的头顶上群聚百万颗繁星，其中许多已死去的星子仍一闪一闪地发送光芒。他应该要走往北的曳船路直达船闸，再从那里沿着一条缓缓往下的小径抵达一座小丘，再继续走上几个小时到一小片橡树林，从那儿就能看见一个小村庄。村里有一口井。根据老头子的测算，假使他没走偏，破晓时就可以看到屋舍。

他跟驴子沿着干涸的运河前进，每隔一段时间，就会有一些支渠消失在荒地上。荒野笼罩在缥缈的蓝色当中。有几回，骑着驴子的少年忍不住打起盹来，重心不稳。这时他会稍微警醒，拿起木棍抽打驴子，让它不舒服地嘶叫，不过速度没加快多少。少年感觉他们的速度跟走路没两样，但即便如此，他还是宁愿骑在上面，毕竟他需要保存一点体力，直到找到井。

"提防村里的人。"驴子每次绊脚，他就惊醒过来，嘴里咀嚼着老头子这句掺杂不安的话。他不知道他讲这句话是因为他的命全寄托在少年带着水回来，还是单纯地只是想要保护他。不消多久，他的脖子就开始瘫软，头再一次悬荡在胸前，迷失在思绪和回忆的纠缠之中。坑洞、棕榈树、膏药、小窗口、牧羊人的龟头，以及治安官的烟蒂。

少年在一次惊醒中看到了船闸，顿时睡意全消。他抬起后脚跟踢驴子，要它打起精神，然后双腿夹紧它的背脊，不过它都没有反应。当他们抵达时，他下到地面，拽着驴子的笼头走完最后几米。他在运河边松开驴子，让它低头吃些干枯的茎秆。他爬上高立的水渠终点的水塔。运河在这里形成一个T字形，两条支渠分别往相反方向延伸。有两道各由水闸轮控制水流的铁门。巡视过一遍后，他的视线转向南边，扫过锯齿状的运河，直到它的踪影消失在黑暗中。运河底淤积的烂泥早已变干。他绕了一圈，观察往北边绵延的平原，以及前面往下蜿蜒的小径。他没看到什么橡树林或是村庄，只有遍布石块的地表和干巴巴的泥土。

正如牧羊人预言，他在太阳从地平线露脸之前抵达了那片树林。他把驴子绑在一棵橡树低处的枝丫上，徒步走上河床，直到走到了北边的林边，沿途地面铺满锯齿状橡树叶和空心橡实果盖。他站在最后几棵树下的暗处，瞥见小村庄的轮廓。屋舍矗立在道路两旁，顶多不过二十栋。还有一座教堂，孤零零地伫立在树林和小村庄之间。教堂几米外有座土坯墙庭院，墙内伸出三棵柏树。微风抚过树身，吹得树梢晃动，犹如倒插的画笔，同时摇晃他头顶上的树枝。一颗空心的橡实掉落在厚厚一层枯叶上，发出响声，让他想起自己已饥肠辘辘。小村庄看不到人烟。他认出有个圈起来的栅栏，应该是畜栏，不过没听见任何牲畜的叫声。或许这座小村庄已经荒废，或仅仅是时间太早，还没有人踏出家门。他决定留下驴子，单枪匹马去探查，尽可能小心行动。若事情顺利进行的话，他再回来找驴子，让它载水，然后启程返回城堡。

他走进毫无遮蔽物的旷野，这时最初几道曙光已经微露。他步伐谨慎小心，避免绊倒，虽然靴子踩下去，靴底还能离开地面，但在某个时候其中一只靴子的靴底前端已经剥离，此刻泥沙渗了进去。他弯下腰想要清理靴子，却注意到两只手的手背还残留黑烟的脏污和血迹。他伸出手指摸摸两颊，碰触开始结痂的伤疤。他依然浑身发臭。一阵微风吹来，从他的破裤子间穿过。他发现黎明是多么凉爽。村内要是有狗，很快就会开始号叫。

他一想到狗，肚子就一阵翻搅，因为治安官的宅第正是由一条巧克力色的狗看守的。他管它叫杜宾。它有一对竖立在岩石般坚硬的头颅两侧的尖耳，而那张沥青黑的嘴嗅闻他的衣服，害他站不稳。许多次，当他不愿听从要求，治安官就会把狗带在一旁。这个回忆仿佛冰冷的凿子插进他脆弱的囟门，或者半圆凿割开他手肘的皮肤，寻找他白色的骨头。他发抖、瑟缩，甚至抓住双腿，而且这礼拜以来第二次尿湿裤子。晨光开始照亮四周，勾勒出风景的新面貌。

他四肢匍匐，爬向墓园。他湿透的裤裆粘附上了泥沙。抵达后，他便站起来，绕着围墙走到西边的转角。从这里，他看见村里的几间屋子，但没看到井，因为教堂挡住了他的视线。他驼着背从墓园走到教堂，抵达有屋顶遮蔽的门廊。跟他村里的教堂一样，支撑屋顶的柱子之间都有毛石长椅，只有其中一段是空的，让人可以进入教堂内。附近有一棵刺槐，风把叶子刮了过来，盖满地面，犹如铺了一层地毯，有些则在长椅下翻动。拆掉铰链的大门像是就要倒下。他绕了建筑物一圈，继续沿着斑驳的墙壁走到东端的半圆壁龛。路上净是破砖碎瓦，毫无疑问，这是一座废弃的教堂。这个发现让他忧喜参半。没人照顾这栋建筑物，意味着没人上教堂。他心想，或许他根本没必要躲避什么村民。然而，杳无人迹可能代表缺水。他靠着壁龛，站在这个位置能看清楚整座村庄。他从这个距离看到了塌陷的屋顶和几扇掉落的窗户，也瞄见了木头和铁打造的收割机，仿佛被荆棘吞噬的特洛伊木马。

他沿着那条带他到橡树林的道路继续进入小村庄，最后一段路的两旁变成田野。满是泥沙的街道两侧的屋子，大门不是紧闭就是倒落。屋内可以窥见同样的景象：木头梁柱崩落；屋顶破了大洞，照亮成堆的瓦砾；水泥砖块颜色黯淡脏污；还有某一幅皇室人物像或者印制化肥广告的旧年历；有些木头梁柱缠绕纺绳，天花板露出石膏残块。有些屋子正面门墙挂着白铁雨水管，但固定的栓已从墙壁松落，留下犹如弹痕的洞孔。剥落的灰泥暴露了房屋的支架、梁柱，以及粗重的木头柱子。他靠近其中一栋屋子，探进头去。他闻到腌渍橄榄的腐臭味。他听到鸽子在某处屋顶的拍翅声，还有单调的咕咕叫声。

街道到了小村庄尽头，变宽成为一座周边残缺的广场，看上去像是押解囚犯队伍的休憩站。其中一侧有一口井，那铁铸的吊杆挂着一个滑轮，上面既没有木桶也没有绳子。他抱着一丁点希望，探出井边的挡墙，但看不清楚任何东西。当眼睛开始适应后，黑暗逐渐褪去，他可以看到往下延伸的井壁，而大约在五米的深度，有座砖块拱桥，犹如扶壁连接井的两端。再下去就什么都看不到了。他扔下一块石头，先是砸到拱桥，然后继续往下掉。没多久，他听见石头掉进水里激起的清脆水声。他又丢了几块确认。他双手撑在石墙上，松了一口气，尽管他非常清楚这是口废弃的井，里面的水可能有害健康。

他跑遍屋子废墟，收集缠绕木头的绳子。有一些是简单缠在上面的，有一些则钉上铁钉。他拿起一把弓，上头的缠线已经松落，他拔掉钉子，直到拿到所需长度的线。他在一间储藏室找到几个膨胀的罐头。他把其中一个放在地上，一手固定住，一手拿着砖块敲击。一股棕色的液体喷了出来。那味道过于强烈，让他不得不回到街道上喘口气。当他等待时，他将一个小陶罐绑上绳索充作把手，做了一个桶。接着，他拿着弓撬开罐头盖，把里面的东西倒空，然后回到井边。

他拉上来的水漂浮着白色的小虫子。它们蜷缩又伸展开的动作好像迷你的弹簧。他倒了一些水冲洗罐头，当差不多干净了，他便脱下衬衫，盖在容器口，充当过滤的工具。于是虫子、蝌蚪都被挡下来，在布料上跳动，仿佛在渔网里跳动的鲔鱼。他喝下第一口水，尝到泥巴的味道，可是迫切的需要让他不顾警讯，直喝到无法再喝下为止。

他洗干净满是烟灰的脸，尽管火烧塔楼过后已好几个小时，洗过脸的水滴在灰土上还是黑的。他脱光衣服，把小陶罐再放下去。水无法清洗所有的脏污，却让他从逃亡那刻以来第一次感觉清凉，有点像在家中享受的舒适。他身上的灰烬、尘土、血迹和尿渍，化成一条条水流，从他的双腿流下去。他把水从头往下淋了好几次，然后坐下来休息，再回去找驴子。

他是在小村庄和橡树林之间的路上开始肚子痛的。那绞痛逼得他倒在路中间蜷缩成一团。尽管缩成一团，压力依然一阵阵涌向肚子，像是被揍了一拳似的。他就在那儿就地脱下裤子，解决生理需求。他立刻感到舒畅许多，肚子顷刻间又恢复了正常。他拿了块石头抹干净，穿上裤子，然而再一次的绞痛让他脚软。还好他来得及脱下裤子，以免新的排泄物弄脏裤子和鞋子。他发现自己需要不停地拉空肚子，就像身体打开了一个永远关不起来的水龙头。

驴子拴在他留下它的地点，正安静地吃草。它啃着前一个春季冒出的橡树芽或者发出沙沙声的低矮石刁柏。他解开驴子，骑上去，来到街道上。他们依照年迈驴子的缓慢步调前进，而摇晃让他的肚子再一次翻腾。庆幸的是，他的肚子已拉不出什么东西。他在旷野生活多日，其中一晚他爬上塔楼的小窗口，而隔一天晚上他彻夜未眠，寻找半腐臭的水源。他找到了，特别是他不必跟当地居民交涉就能拿到水，这让他十分放松。进入小村庄时，他已抱着驴子的脖子睡着，肚子压着驮鞍。驴子仿佛知道怎么找到地下水，它走过覆盖泥沙的街道，来到了广场。陶罐翻倒在地面，积成一洼水。抵达后，驴子停下脚步，低下头舔舐湿润的泥沙。少年重心不稳，差点跌下去，立刻清醒过来。他在驴背上挺直身子，握成拳头的双手往天空高举，接着他松开拳头，并注意到腹腔轻微疼痛。他跳下驴背，第一件事是把陶罐丢进井里，要驴子喝水。他把陶罐放在它面前，那动物的嘴从圆形的容器口伸进去，舔着水，直到舌头再也够不到更深的地方。牲畜喝水时，少年考虑是否该把玻璃瓶卸下，装满水，再绑上驮鞍。玻璃瓶外面包覆柳条，就像那种经常看到的装酒瓶子，他估计每个瓶子至少可以装进十二公斤的水。因为办不到，于是他放弃这个选择，心想着可以慢慢把水装进去，这样就不必把玻璃瓶从驴子身上卸下来。接下来一个小时，他忙着从井里汲水，轮流倒进两个瓶子里，以免两边不平衡，害驴子跌跤。装满一半时，他决定坐下来休息一下。他绕着井边走了一圈，想找个比较阴凉的位置，但是太阳高挂，石墙的阴影只有半米宽。他可以钻进任何一间屋子，但多数屋舍的屋顶残破不堪，让他打消了念头。一如先前他们走向芦苇丛那样，他靠近驴子，把它安置在井边挡墙附近保护他。他靠着石头坐下来，绑好驴子让它不要乱动，然后闭上眼睛，靠着树睡着了。

他热得醒过来，感觉两只脚湿湿的，黏黏的，睁眼一看，发现脚掌埋在驴子的一团粪便里，周边还有尿液的痕迹；那只动物在两米外甩着尾巴赶苍蝇。他不知道自己在大太阳底下晒了几个小时，不过他的脑海中浮现出牧羊人的膏药和小狗舔他牙齿的画面。"老天！"他大叫一声，跳了起来。他感觉头昏脑涨，一时间视线模糊不清。他靠着井保持身体平衡，慢慢地恢复意识。他忽然间怨恨起驴子，他只是想躲在它的影子下，而这只牲畜却连这个都做不好。他往前跨两大步,走向驴子,狠狠地拍了它的额头。它只是摇摇头,好像什么事也没发生,他却感觉疼痛沿着指关节蔓延到头颅,仿佛痉挛一般。于是他在化为废墟的房屋之间尖叫,因为透到骨子里的痛而不断喊叫。最后发出一声哀号后,他疲累无力,在广场的中央屈膝跪了下来。

"孩子,看起来你非常不开心哪。"

他像只猫似的跳了起来,头也不回地冲向跟背后声音相反的方向,扑到井的后面躲了起来。他保持安静,聆听那个男人的动静,同时替自己多争取一点时间。几秒钟过去了,他只听见鸽子在梁柱和屋瓦之间的咕咕声。接着,是某种轴眼金属的嘎吱声,他听出那是独轮手推车的声音。于是他猜想对方是位农夫。

"孩子,不要躲在那里。我不会伤害你。"

"我什么事都没干。"

"我知道。我从你在教堂起就一直盯着你。"

少年朝四周张望,似乎想找出广场上每扇窗户后面藏着哪些监视他的眼睛。

"让我离开。"

"干脆点,出来吧。我说过我不会伤害你。"

"不要。"

少年望向小村庄入口,估算往南边逃跑的机会,但是街道太长了,如果那个男人有把猎枪,会轻而易举击中他。他心想,即使没被打中，想在大白天回到城堡也简直是一场不可能的冒险。而且，他没载水回去，不但老头子会死，连他自己也小命不保。

"我怎么知道你不会伤害我？"

"你只需要探出头，看我一眼。"

他有一头扁塌的长发，黑色的胡子，全身只套着一件系紧腰部的破粗麻布衣。他的双手不完整，腿部正好在膝盖以下完全切除。他的大腿上用几条发黑的皮绳绑住一块木板，板上有四个轮子。看到眼前的男人并不构成威胁，少年便松了一口气。这时他仿佛在欣赏一幅图画，目光掠过那具怪异的身体，从身下的轮子到他的头。他从墙壁的水管边打量那个男人，到最后，他觉得这个男人仿佛跟木头结合成一体，木头跟男人都肮脏不堪。连对方身上发出的尿骚味都没让他从惊吓中恢复。这个男人的怪异模样让他反应不过来，而对方散发出来的干渴的气息也慢慢地浸透他的毛孔，似乎变成了他的一部分。

"喜欢我的车吗？"

他不甘愿地从发愣中恢复。他惊吓过度，此刻血液在他全身上下急速奔流。忽然间，这个跟他说话的男人在他眼里变得这么脆弱不堪，让他搞混了自己是松一口气还是无礼。他冷冷地回答他，没去想这个男人可能是井的主人，或者他的衣服底下藏着一把枪。

"我只是想取一点水。"

"没关系,你想取多少都可以。只是水不太干净,或许你已经拉肚子了。"

少年没搭腔,为了以防万一,他缩紧肛门。

"你一个人在这里做什么?"

"我不是一个人。我父亲和哥哥还在那边的橡树林等我。"

"他们派你来找水,对吧?"

"对。"

"那么把他们找来吧。你们可以来我的小客栈吃东西,我不会收你们太贵。"

少年看看四周,想找哪里有客栈的招牌,但是目光所及只有关闭和倾圮的屋子。他板起脸。

"在那一边的后面。"

肢体残障的男人往一旁伸长脖子,指着小镇北边的方向。少年猜想他八成在撒谎,像他这样行动不便的人,怎么会在这个地方经营这样的生意。

"没错,小伙子。或许你不相信,这条是通往首都的路。等干旱结束,商贩、旅客都会再经过这里。"

少年看着残障男人指的方向。街道的尽头矗立着一间还没完全毁坏的屋子,大门敞开着。他想,即便那是间客栈,也应该非常廉价吧。

"我们很急,没时间停下来吃饭。"

"起码在我这儿买个面包吧。"

"我没有钱。"

"那么带走几块甜饼干。我希望你们下次经过这里时能想起我。"

少年不想跟他去,害怕他家里可能有其他人等着,不过他感觉残障男人讲起面包饼干时,那愉快的语气仿佛在讨好他。脑海浮现的影像让他口水直流。他想起圣诞节吃的杏仁糖,于是有股想跟着男子去的冲动,不过还是忍住了。他心想,这个男人两只手只有四根手指,不可能会做甜点。他决定一边盯着男人,一边把玻璃瓶装满水,然后踏上来时的路。

"还有杏仁糖噢。"男人再补充。

他跟着男人走在覆盖着厚实砂土的街道上。那男人虽然手指不全,却能牢牢地握住两个木块,利用它们来前进。半路上,他遇到一处沙床,陷在里面,得往后退,再绕过那个障碍。

"有时候,我会套住猪,靠它拉车。这是更好的方法,不然这样用木块行动会让手掌跟手臂都受伤。我真希望能拥有像你的驴子一样的牲畜。"

少年想象着猪套上拖拉的装备,像是一匹赛马,残障男人坐在后面的小车上。少年最后一次看到猪是四年前。他的父亲在村里一个男人的帮助下宰杀了猪。母亲制作香肠时,他跟哥哥双手搅拌着猪血。

客栈门前有个摇摇欲坠的葡萄藤架,或许正如残障男人所言,那里是昔日脚夫坐下来歇息的地方。大门两边各有一扇窗户,窗户底下各有张毛石石凳。窗户紧闭的木板小门是绿色的,而每张门板的中央有个点状的菱形图案。屋子里一片漆黑，少年站在敞开的大门外面，看不清楚里面有些什么。男人进入他的家，身影没入黑暗。少年把驴子拴在其中一扇窗户窗台边的铁环上，抓起挂在驮鞍上的背包。进去之前，他瞥了一眼驮着东西的驴子。他心想，他要花点时间填饱肚子，应该给驴子卸下东西。他试着拿下玻璃瓶，不过又想，要是拿下一个，剩下的一个玻璃瓶可能会让驴子失去重心。这时他的视线扫过还湿答答的靴子，接着看着眼前的手指，想起手臂还因为痉挛而隐隐作痛，以及驴子丢下他任凭太阳曝晒。"你就留在这边吧。"他想。

男人从门口探出头。

"你进不进来？"

少年点点头。男人回到屋内，少年小心翼翼地靠近门口。他站在门楣下，感觉黑漆漆的屋内吹来一阵凉风，夹带肉食的香味。他从街道直接踏进一间宽敞的厅堂，这儿只靠着大门照射进来的一丝阳光照亮。他闻到木头蛀蚀以及晒干的肠衣的味道。空气中飘散着甜油和醋的气味。忽然间，男人打开厅堂尽头窗户的木板门，阳光洒进厅堂，勾勒出他阴暗住所的详细样貌。悬挂的腌肉、铲子、烟熏排骨和一个风干的猪头，一一现形。尽头有两个大面粉袋和一个木桶。一个装杏仁和酒瓶的橱柜。一个圆形木盒，里面的盐渍沙丁鱼如脚踏车车轮呈放射状摆置。一条木杆垂挂好几块鳕鱼。几个装干栗子、菜豆和糖的袋子。最里边是一扇半掩在门帘后面的门，里面有更多肉类。

"我也卖口粮给旅客。"

他吃掉一锅豆菜饭,混在一起的菜豆和甘蓝菜有股油腥味。他一扫而空一个珐琅彩盘上的黑面包片。他跟男人要水,但他说木桶里的水还没消毒。他没等木桶的水煮沸放凉,而是直接灌下男人送上来的半杯彼达拉红酒。接着他又啃掉了甜饼干、枣子跟杏仁糖。

正当他狼吞虎咽时,男人告诉他,村里仅剩的少数人在那口井的水"有问题"后,也纷纷离开了。他还讲到穿越村庄和客栈的那条道路的交通。当时是他的哥哥经营客栈,他跟哥哥、嫂子和两个侄子住在一起。干旱降临后,他们离开村庄到城市找工作,等稳定下来后会带辆马车回来找他。"那已经是一年前的事了。"他跟他吐露。接着,少年听他聊起脚夫、羊毛和羊奶酪商贩,听着听着便趴在桌上昏沉沉睡去。

他梦见被人追踪。同样的情节。他跑在某个一直没看到脸的人的前面,但那人热乎乎的呼吸就呵在他的颈背。当他奔跑,那个人就加快脚步;当他停下来,那个人也停下脚步。他跑在一座陌生的城市湿漉漉的石砖街道上,但其实他从没离开过自己的村子,更没见过什么城市。空无一人的湿街道映照着街灯的灯光,给石砖染上一层漆,仿佛磨得发亮的黑炭。他转过一个又一个街角,跑进越来越狭窄、黑暗的巷道。追踪他的人的脚步声一直跟在背后。他钻进一间屋子,跑过一条瓦斯灯照亮的走廊，那黄色的灯光越来越黯淡。热而轻柔的空气扑上他的衣服，让他慢下速度。追踪者热乎乎的气息如影随形。他进入一个房间，唯一的照亮是在窗户之外。他打开一扇扇门，钻进空间越来越小、天花板越来越矮的房间。最后，他整个人趴倒在发出湿气和臭虫味道的木地板上。天花板是如此低，几乎贴着他的背。空气中弥漫着火车油味。他动弹不得，被捉住了，感觉自己逐渐下陷到地底深处，寻找初始的岩浆。接着，有那么几秒，他感觉恍若躺在狭窄的棺木里。最后，一阵疼挛袭来，他的头撞上了桌子。

醒来时，他发现自己孤零零一个人，而他的左手腕被铐在了厅堂唯一的柱子上。他的额头有一处小伤口。他头好疼，肚子也是。他想要上厕所，却无法离开超过一米的距离。窗户又关上了，只看得到几处从木板小门菱形图案透进来的光点。他试着挣脱手铐，但是铐得太紧。他努力拉长手臂，脚尖碰到窗户。这个动作让他忍不住打嗝，他注意到食物的酸气从喉咙升了上来，在嘴里留下胆汁的苦味。他用鞋尖碰到窗户的小门，可是力道不够推开。他摸索四周，希望找到有用的工具，而唯一在他范围内的只有那把之前坐着吃饭的香蒲椅了。他伸出那只自由的手抓住椅子，想利用椅子碰到窗户，但椅子太重了，他无法控制。他将手伸进椅背的织物之间，就这样，他前臂撑在椅子上，成功地高举椅子，超过自己的头顶。他闭上眼睛，把椅子摔向桌子。他感觉那个家具四分五裂，重量减轻。他继续摔打，直到手上只剩下椅背的两片木板和一支圆弧曲线的椅脚还连在一起。他拿着残破的椅子，试着打开紧闭的窗户，终于打破玻璃，推开窗户的小门。照射进来的光线跟早上男子推开窗户时已经不同，但足以照亮厅堂。

首先他发现驴子不在他留下的位置。他确认铐住他手腕的是上锁的铁环。他把锁撞向桌子，然后摔在地上，无奈无法弄松。他朝四周看了一圈，寻找有什么可以利用的东西，可是他只看到食物和水。当他自由地在平原上行走时，吃的是杏仁，喝的是羊奶，如今美食围绕，他却失去了自由。

他站了起来，试图弄清楚现在的情况：他被铐住，男人不见踪影，而驴子不在他拴住的位置。尽管男人可能是这一区域唯一拥有一年存粮的人，他却逃了，留下遭到俘虏的他。他的脑海中浮现出猪拖着带轮子的木板的画面，正如男人在进入客栈前对他的描述。他问自己，难道男人这么渴望自由，竟为了一头老驴子而放弃一切？至少他没杀掉他抢走驴子。他想着牧羊人，想着躺在围墙下的他奄奄一息。乌鸦安静地停在耶稣像的头上或者栖息在垛口，等待牧羊人最后的时辰来临。最后几只羊因没水而发疯。少年明白，若自己无法重获自由，也会落得一样的下场。他会被铐在这根柱子上饿死或渴死。他本想借着思念家人来寻求安慰，却遍寻不着，因为正是他们逼得他流落至此。

桌子上还搁着他吃过的盘子，周围散落着椅子崩裂的木屑和碎块。他清掉一个木块，想要坐下来，而直到这一刻，他才注意到一样之前因为太想大快朵颐而忽略的东西。桌子一角的漆盆旁有个罐头烟灰缸，里头有根棕色烟蒂，这东西让他脸色刷白，肚子再次翻滚。他终于解开男人逃跑的谜团，这时他满脑子只想着赶在那个男人揭发他之前，逃离这里。

他试着整理脑中思绪。他不知道睡了多久，也不知道残障男人离开了多久。他唯一知道的是要赶在那男人见到治安官之前找到他。他试着各种可能的姿势想抽出手，手腕摩擦铁环受伤，却始终没有成功。他望了一眼四周，寻找有什么可以用的东西，但是男人把任何可能有用的工具都放在他拿不到的地方。他只够得到挂在墙上的香肠，毫无疑问，那是囚禁他的男人替他预备的，让他可以活到他带着治安官回来。他问自己，到底治安官是悬赏多少要逮捕他？

他尽可能靠近墙壁够到香肠。他用力一拉，让挂钩扯裂其中一节。他不停地又按又搓，然后把油脂涂在被铐住的手腕上。他再次试着把手抽出来，还是没有成功。于是他铆足全力，用猪肉摩擦铁环，好像这样就可以把铁变软。油脂的腥味跟他身体发出的臭味混杂在一起。他用自由的那只手拿着铁环，被困住的手同时转动。他试着用膝盖夹住铁环，两只手一起抽，结果弄伤了手腕，于是不再继续。

他把两只手肘搁在木头桌上，铁环稍有松脱，滑下手腕，他试着用拇指拨弄底边，然后再抹上油脂，花了好一会儿工夫搓按。他寻找关节处，正如他的母亲寻找母鸡鸡脚的距骨一样。他的手指按着关节两边，让指骨滑动。当手指搓热，满头大汗时，他把吃饭时用过的餐巾卷起来咬着。他把铁环挂在桌子一处铁制品处，然后使力一拉。他感觉铁环撕开他大拇指的皮肤，而在油脂的帮助下，连接的指关节变形，符合铐住他的铁环。他的手倏地卡在那里，再也抽不出来。挤压引起难以忍受的疼痛，他边哭边用靴子蹬住粗桌脚，自由的那只手抓住被铐住的手腕，最后一次猛拉。他失去重心，跌坐在背后的袋子上。他吐掉餐巾，哭哭啼啼地检查手，但是紧闭的窗户让厅堂几乎没有光线照射进来。他打开大门的锁，来到街道上，这时太阳已西下，将天空晕染成一片橘色。大拇指在流血，他却无法看清楚伤势。他回到屋内，走向木桶。他打开木桶的塞子，让水哗啦啦地冲洗伤口。他喝了一口水，把塞子塞回原位。他的指头粘着一块皱巴巴的皮。铁环撕裂了皮肤，骨头露了出来。他将受伤的手举到胸前，用另一只手握住，又痛又气地号啕大哭。

他放回皮肤，盖住骨头，尽力拉平，想盖住撕裂的伤口。他用餐巾把手包起来，利用牙齿打一个结。鲜血立刻染红布料。

他将两根香肠、一把小刀、一瓶水、一瓶红酒和一些火柴塞进背包，出门来到街道上。他瞧了一眼天空，估计离天黑还有两三个小时。一行马蹄铁和轮子的痕迹往他来到小村庄时的方向而去。他调整好背包的带子，把手紧按在胸前，然后拔腿狂奔。

当他看见驴子缓慢前进的身影时，夜幕已几近低垂。这是一条往南的笔直道路，两旁是沟渠。他的靴子坏了，他只能跑跑走走。靴底开口，好像黑色的舌头。小石头不时地跑进去，不过到这一刻为止，他还没感觉到什么尖锐的东西，也就没有停下来清干净靴子。随着目标渐渐接近，他放缓脚步，躲到道路一侧。他想，若残障男人有所感觉然后往后一瞧，他可能要跳进道路一旁的水沟里。赶到几百米远的距离时，他看清楚了男人行路的方法。那人利用一根麻绳从后面绕住驴子，就像是缰绳。他把木板挂在绳索上，然后用一根棍子鞭打牲畜的臀部。这是他打造的笨重马车，在地面上拖曳前进。驴子身上再一次背着四个茅草篮子，他认出其中两个装着他的玻璃瓶。他得想象男人离开木板，靠膝盖支撑身体，才能明白他是怎么给驴子卸下东西，装上新的篮子，再把玻璃瓶装进去。

　　隔着一段距离的少年心想，男子应该是个贪得无厌的人，才会为了奖赏踏上这样的旅程吧。这让他再一次问自己，治安官到底悬赏多少钱抓他？

　　差几米就要追上了，他更加保持安静。等到他认为机不可失的那刻来临，便弯下腰，捡起马铃薯大小的尖石头，对准残障男人的头砸下去。石头越过男人的头顶，击中驴子的臀部。这是少年认识这只动物以来第一次见它跳了起来，并使劲全力哼叫起来。它的嘴寻找自己的臀部，往左又往右蹬腿，其中一次踢中男人的额头，让他昏迷过去。驴子开始毫无方向地狂奔，仿佛拖着犁田的农具。它拖着残障男人一动也不动的身体，木板绑在他的大腿上，一会儿奔到道路左边，一会儿奔到道路右边。男人无力地垂着的头在石头上一下一下地跳着。接着驴子冷静下来，转过身，大步朝少年走来。当它靠近时，步伐也慢了下来，来到少年身边，停了下来。少年目睹驴子刚才的粗暴，呆若木鸡。他定定地盯着它，像是想用思绪驯服斗牛一般。他朝驴子伸出手，驴子温驯地过去闻他的手。木板的边缘划过扎实的地面，男人的身体则跟在后面把痕迹一段段抹去。少年的手寻找驴子的颌骨，轻轻地抚摸它下巴松软的皮毛。驴子的鼻孔发出哼声，好似调皮的孩子刚刚发泄完被石头打中引起的痛苦。

他抱着动物的头好一会儿，此时黑夜翩翩降临，划破这片寂静的只有驴子摇尾巴赶虱子的声音。他站在那里不动，希望自己能壮起胆量，或者等待勇气浮现，让他敢绕到动物后面去查看那个男人是生是死。驴子摇摇头，它两只耳朵旁的毛发扎得他额头刺痒。这时他松开驴子的头，伸长脖子，好似这忽然变成他的工作。他踩着坚定的步伐，绕到驴子后面，站在想告发他的男人毫无生气的身体前面。他将耳朵靠近男人嘴边，确定对方还有气息。他摸摸他的外套，在他的口袋里找到一包烟、一个打火机和一张折起来的纸。他打开纸，朝着夕阳西下的方向。他看不清楚详细内容，不过看到了宣告他失踪的斗大的字眼。悬赏他下落的奖金是二十五块钱。他折好纸张，放回原来的位置。

他割断绑木板的绳索，拍拍驴子的臀部。动物让到道路旁，留下大腿绑着木板的男子躺在地上。脏兮兮的木板静静地与夜空对望。男人的前额留有蹄铁的印子，犹如一个红色的U形字母。一道冒出鲜血的伤口好似一根铁钉。看到眼前的血腥画面，或者想到这个男人要把他交到刽子手手中，都让少年沮丧不已。他往男人腰上踢了一脚，让他滚回道路的石头之间，换了一个新的姿势，口中逸出一声模糊的呻吟。他半张的嘴巴贴在地上，嘴唇沾满泥沙，在土上留下一点红色的血滴。

少年四处张望，发现地面有些崎岖，估计这里应该离船闸不远。他追着男人而来时，心里只抱着一个想法：打败他，丢弃他，然后带着驴子和水回去找牧羊人。此刻，这具壮硕的身体躺在他脚边，他得重新考虑选择。他知道把男人丢在这里，就意味着让他躺在铁锤般无情的烈阳底下曝晒一两天送死，而带走他，等于妨碍自己赶路。况且，即使这个男人发誓自己后悔意图告发他，当他们跟牧羊人碰面时也一定会是个麻烦。他又考虑返回小村庄，把男人安全地送回他的存粮边，可这样一来，他肯定会太晚回到牧羊人身边。

少年的拇指包着餐巾，靴底脱落。他试着整理所有的选择，以便能理智地下决定。他要做出的选择可以救其中一个，同时也判了另一个死刑。他的心选择牧羊人，可是残障男人躺在他的脚边鲜血直流，其狰狞的模样将会阴魂不散地跟随他下半辈子。他知道不管选择哪个，都一样会犯下滔天大罪，而这让他想起神父站在布道坛上的身影：他身着一袭淡黄的十字袍，高举手指，挺着肚子，口水喷在教徒的头顶上。他们当中有正人君子和伪善者，智者和无知者，温驯和暴戾的人，娼妓和母亲。这样不同类型的组合，看来既是上帝的计划，也是上帝的不愿。

那些布道无法引导他。他心想，当他的日子到了尽头，等待他的应该是跟他活着时不相上下的痛苦。那个燃烧的地底世界应当充满了不幸的灵魂，一如这片平原住着一堆气度狭窄的人。

他脚边的残障男人似乎恢复了意识，在驴子旁扭成一团。他呻吟着一串含糊不清的话，听不出来他真正的意思。那想必是在地狱门口迎接男人的三头犬的语言。他想象男人的双腿在荆棘丛间。他想着牧羊人、他的父亲，最后是治安官，他的模样仿佛噼里啪啦烧着的火堆，烙印在他的眼帘。男人再次呻吟，少年咬紧牙根，往他的嘴猛踢了一脚，让他滚回之前躺着的位置，也踢掉了他几颗蛀掉的牙齿。他感觉血液蹿过身体，体内像是有把火烧了起来。他的头发疼，靴子里满是小石子。他瞄了一眼四周，或许想找个证人，或许想寻求帮助，但一无所获。眼前只有几米外废弃的储水池。刹那间，他有股冲动要把男人带到那里丢弃，让其他人都找不到他，或者隔天被太阳晒死。他可以拖着男人赤裸的身体经过岩石地，把他的手绑在储水池附近露出地面的铁管上，让驴子帮他撕裂男人的躯体。他也可以带走男人，给他治疗伤口，然后向他道歉。这时男人再次发出模糊的呻吟，少年瞥了他一眼，往后退两步，踹了他的脸一脚，这次踢断了他的鼻梁。这意味他的内心是如此不平静。

9

他知道驴子不会加快脚步,但还是催促它快一点。他巴望着赶快离开残障男人躺卧的地点。他咕哝着对自己毫无帮助的理由。有关正义和罪恶,或者有关针、骆驼和神的国度。他不确定自己是不是真的就这样害死了那个男人。丢下他之前,少年把背包里的东西都倒在他身边。他带走扛着两瓶水和粮食的驴子,那是男人出发寻找治安官前准备的。或许经过那条路的人比他以为的还要多吧,隔天早上那男人就能安全地躺在某个旅人的马车上,四周围绕着装着干栗子和杏仁的麻布袋。

当他看到城堡残破不堪的轮廓时,天还没亮。半月洒下的水蓝色光芒勾勒出断壁残垣。快靠近时,他认出堆得像小山似的尸体,也听见某只还清醒的羊的铃铛声。他很开心听到铃铛声,因为从前晚离开城堡之后,他就感觉心底像压着一块大石头:回来时,牧羊人可能已经不在。铃铛声不代表牧羊人,但至少不是绝对的死寂。他使劲地摇着腰部催赶驴子。接近山羊死尸时,他听见了数以千计的苍蝇单调的嗡嗡声,他想象着看不见的它们就像一朵逗留在死亡之山上面的黑云。他没闻到臭味,不过他得捂住嘴巴,以免因带毒的气体而呕吐。他在离围墙几米的地方跳下驴背,急急忙忙地走向留下牧羊人和他的家当的位置。可是确定牧羊人是否安然无恙之前,他想先找到锅子、烧水给他喝。他发现牧羊人的行李还摆在同样的地方，但是他原本躺的位置却空无一人。他蹲在粗麻布袍子旁，伸手去摸，想确定眼睛看到的是不是事实。他身上的压力蒸发了，他感觉压力冉冉升起，跟墙边上升的热气融在一块儿。他坐在老头子躺的位置旁，手肘撑在膝盖上，掩面哭了起来。未成年离家、毒辣的阳光、荒芜而冷漠的平原，一切都跟他作对。他感觉四周静止下来，摸得到的、看得到的都失去了生气。这是他从逃家以来第一次害怕死去。他一想到得只身一人继续上路，就吓得发抖。他的家、铁道以及谷仓，恍若淡红的火光浮现。他打算回家，放弃对抗大自然和那些令人讨厌的人。他想回家，或许那里并算不上家，但至少是一处简陋的栖身之所。他回家后的境遇会比以前更糟糕，因为他不是回头的浪子。他是自己主动离家，必须接受审判。他心想，当他还住在家里时，这片平原就已经在以他不甚明白的方式侵蚀他。无依无靠的感觉好累，像这样的时刻，他多么希望拿出自己最珍贵的宝物，交换片刻的宁静，或者以最轻松自然的方式，满足最基本的需求。躲避烈阳、榨干土地的每一滴水、自残、从囚禁处逃脱、决定别人的生死……这一切对他依然昏昏沉沉的大脑、需要伸展的筋骨、张力低下的肌肉、饱受这片辽阔而艰困的环境折磨的外表，都不太适合。他想象着治安官的摩托车拖着老头子奄奄一息的身体。他的助手骑在马上嘻嘻笑。

　　黑暗中他捂住脸，弯成碗状的双手像是个温暖的小小避风港。在这里，他看不到平原永恒不变的荒凉面貌。然而躲起来只让他看到一只肮脏的手和一只包着沾满灰尘的餐巾的手。他撕裂的大拇指颤抖着。他连躲起来都无法得到休息。

"孩子，起来。"

那是牧羊人轻柔而尖细的嗓音，以及他搭在少年肩上干瘦的手。少年像弹簧似的跳了起来。他看都没看牧羊人一眼，直接抱住了他瘦弱的身体。他紧紧地抓住牧羊人破烂的衣服，简直快跟他融为一体，感觉到了他的双手刚刚无法给予的平静感。除了打架，这是他第一次跟其他人靠得这么近。这是他第一次跟别人贴着肌肤，任凭毛孔流露情绪，分泌让他欢欣的物质。牧羊人默默地迎接他，恍若接待朝圣的信徒或者流亡分子。少年一直抱着他，直到牧羊人发出不太舒服的哼声。"我的肋骨。"他说，然后推开他的拥抱，两人分了开来。接下来的不是难堪。或许刚才亲密的距离符合这个时间点和这片土地上的规则吧。不管如何，覆水已难收。

给牧羊人和山羊喝完烧过的水之后，他们一块吃着残障男人的腌肉，直到啃个精光并喝掉葡萄酒。老头子大口大口地喝，少年试图掩藏不愉快的表情，但是没有成功。他喝酒，是因为跟着牧羊人一起喝；是因为这趟奇怪的旅程之后，他感觉自己变了一个人：他是冒着生命危险带水给动物喝的少年，也是拿石头丢掷残障男人的少年。吃饱喝足后，少年便把他曲折的遭遇说给牧羊人听。

"要赶在残障男人遭到乌鸦的毒手之前找到他。"

少年感觉肌肉的紧张又从天而降。他紧咬住牙根，转过头看老头子，无法理解刚从他口中吐出的话，但是对方并没有回看他。他知道自己干了不太好的事情,可是,在出发去救那个他宁愿杀掉的男人之前,他希望老头子可以拍拍他的肩膀,或者紧紧握着他的手,表现他的认可或佩服。就算是牧羊人不当他是英雄,不打算感激他做的牺牲,也起码别叫他重回虎穴吧。他盯着牧羊人因为挨打而肿胀的双手,虽然看不清楚他的脸,他也记得他红肿的眼睛和烙印在他背部的鞭痕。他明白老头子不会是那个交给他通向成人世界钥匙的人,在那个世界,是贪婪和纵欲衍生的暴力当道。他犯下暴行,如同他看到周遭的人都这么做,而现在,他跟他们一样要求自己免受制裁。这片荒野让他不再认识自己,让他看到人生陌生的那一面。他甚至徘徊鬼门关前,身陷恐惧之中。他举起了剑,而不是露出脖子。他感觉自己饮用了迫使孩子变成战士、男人变得刀枪不入的鲜血。他相信老头子会让奴隶替他戴上桂冠,让他通过凯旋门之下。

"那个狗娘养的把我铐住,跑去跟治安官通风报信。"

"他也是上帝的孩子。"

"那个上帝的孩子想要我们都死。"

他们在天亮前起床,踏上曳船路,前往船闸的方向。老头子骑着驴子,低垂着头。少年走在前面,一手拿着树枝,一手握着缰绳。狗已经不在他们身边,现在轮到他来赶那些停下来吃草的羊继续前进。

赶路的同时,少年不停地想着残障男人。他把那团骨肉丢在灰土中的画面萦绕不去。他还在那里吗?他有没有办法翻过身，把轮子摆回地面？他记得那块木板轮子的轴距很宽，优点是碰上坑洞不会每次都翻倒，不过若是碰上意外，要重新站起来会是个问题。他不知道对方再看到自己会有什么感觉。他们最后一次四目交接时还是好兄弟。然后他被囚禁，驴子遭抢，他成功逃脱，他拿石块丢他的后背，他踹了他又丢下他，他已经没机会澄清或者解释什么了。

随着天色渐亮，远方的山峦慢慢露出轮廓。平原恍若一片汪洋，一直延伸到北边的高地前面，但这一刻，眼前的世界只是海市蜃楼。那里有篱笆、路标，在那里，呼吸或许会变得容易。对他来说，朦胧的群山有种磁铁般的吸引力。他想象自己到达平原的尽头，站在第一座山旁。牧羊人和山羊都跟在身边。他们一起进入山里，沿着一处地层的皱折爬到高处的平地，循着一条蜿蜒的小径前进。两旁都是他不认识的树木。这条路穿过阴暗的激流，沿路都是茂密的树林。他们每隔一阵子就停下来休息，少年把巨大松树剥落的树皮做成小船打发时间。高处的大草原有一个石头搭建的畜栏，欧石楠在上方形成天然的屋顶。在他的梦里，羊的数量增加了，散落在翠绿芬芳的梅塞塔中央高原。北方群山峥嵘，山上的树林和灌木丛仿佛一片颗颗凸起的水洗石。接着是白色的峰顶。终年的积雪卡在地表的皱折之间，像是巨大的抓痕。草原往南有片倾斜的地方，形成一个瞭望台，从那里可以俯瞰整座平原。这就是此时此刻，他在无情的刺眼阳光底下，睁着肿胀的双眼看到的景色。傍晚，他结束牧羊，扶老头子躺回他的垫子，他会愿意坐在那个瞭望台边,凝视平原,看着它朦胧遥远的面貌。他会从他的瞭望台呼唤天使和大天使替他的村庄带来雨水,恢复麦田往日的富饶。男人们会带着他们的家庭回来,住在他们旧时的家,谷仓会再度填满。大家都过着富足的生活,治安官会得到他的贡品,没有人会记得那个失踪的孩子。

他们在夕阳完全西下那刻抵达船闸。他帮老头子下了驴子,让他靠着一棵空心的白蜡树休憩。他们喝着温热的水,那是前一晚煮过的。少年转过去跟老头子说话。

"我们没有食物。"

"你得到附近去找点东西。"

"为什么要把肉干留在城堡?"

"那些肉条还没干。"

"或许会在路上干哪。"

牧羊人带着不耐瞄了少年一眼,他还不习惯解释。

"我们急着赶路,这个情况例外。"

"如果你愿意,我们可以留在那里久一点。"

老头子挺直脖子,他的头抬起,仿佛一朵从淤泥中绽放的花朵。他的双眼蒙上一层冰冷,这让少年低下肮脏的下巴。

于是牧羊人派少年去找些甘草根,对少年指点了一些对他来说比较容易找到的地点。少年一言不发,从老头子的皮囊里拿出刀子,走到水渠的小斜坡旁。他心想,一年的这个时节,一定得挖很深才能找到一些可以咀嚼的新鲜草根。

回来时,他的袖子沾满泥巴,捧着三四条扭曲的甘草根。

他在老头子身边把甘草根切成铅笔大小，把其中两条头尾削皮。牧羊人开始啃他那份，但半响过后他不得不停下来，因为他连牙床都感到不舒服。

"很痛吗？"

"很痛。"

"有没有什么治疗方法？"

"帮我清干净伤口。"

少年扶住老头子的身体，让他的后背离开树干。他小心翼翼地脱掉他的外套，放到一旁。接着，他解开他衬衫的扣子，露出他的胸膛。幸好没什么裂开或者化脓的伤口，不过牧羊人非常虚弱。少年依照他的指示将一块布浸水，非常仔细地擦拭鞭痕。如果少年太过用力，牧羊人也只是闭上眼，咬紧牙齿，没发出任何呻吟。少年想，老头子可能哪里骨折了，或者仅仅是他年事已高，禁不住那样的鞭打。他记得第一次见到老头子时，他在大半夜裹着毛毯，还有他得费一段时间才能坐起来。这时，他突然想到在他们见面之前，牧羊人的生活仅限于带着羊群从一个田地到另一个田地，而不是这样长途跋涉。为什么他愿意拔刀相助？为什么他愿意拖着那样的身体奔波？为什么他不在城堡那里把少年父给治安官？他的噤口让他失去多数的羊，还害自己在鬼门关前徘徊。

他让牧羊人侧躺在白蜡树的树荫下。到目前为止，他对老头子的照顾只有解开他衬衫的扣了，清干净他的胸膛和身体侧边。他的后背从上到下交叉着五道褐色的粗血痕，其中一道干掉的血渍还粘着肮脏的碎布。他告诉老头子他看到了什么，然后依照他的指示处理。首先拿起盆子泼水，浸湿后背，软化血渍，再清掉碎布，这样可以避免伤口裂开。少年重复好几次这个步骤，战战兢兢地清掉碎布。他把衬衫完全脱掉，尽可能铺好在地上，让老头子可以从衣服猜想自己的背部变成什么模样。眼前的画面比伤口的疼痛还要令牧羊人惊愕，他愣愣地望着这件记录他壮举的作品。接着他忽然对衣服失去兴趣，再次躺下来让少年继续处理伤口。大部分的伤痕都肿起来并出现白色的脓包，那是感染的迹象。少年跟老头子描述伤口的状况，而这时候老头子明白，没有酒精消毒和缺少休息他才会变成这样，这会害他丢命，而不是关节炎。

"如果我死了，尽量把我好好埋葬，放上十字架，就算是用石头摞的也好。"

少年停下正在清洁的手。

"你不会死。"

"我当然会死。愿不愿意帮我放十字架？"

少年从稀疏的树荫下望出去的平原变成水状。他眼里的地面微微地起伏，还没走完的水渠和山峦都变形了。

"愿不愿意帮我放十字架？"

"愿意。"

他们昏昏欲睡，等到阳光减弱后重新上路。少年帮老头子把外套披在肩上。两个小时后，他们看到了储水池。远远地看不到残障男人的身影。少年心想，或许他成功爬到水渠的某个柱子旁躲避阳光了吧。他们走到男人应该在的位置附近，但是没发现他的踪影。少年松开缰绳，奔向储水池。那个男人不在里面，也没靠着任何一根毁坏的柱子休息。他巡视路边，寻找打伤男人的地方。他轻易就找到滴在板岩上的小片血渍，再过去一点是一块他打中驴子的尖石头。他也发现了马蹄印，起码来自两匹马，并看到一旁斜坡的土壤有好几处被翻起。他追着马蹄印，发现两匹马分开来，一个往北边，一个往南边，而道路的一旁留有新鲜的粪便。这时牧羊人和羊群跟来了。

"他已经不在这里了。"他抬起下巴，指指那堆粪便。

他们在储水池里过夜。这个圆形建筑有个直达底部的口，少年搀扶着老头子进去。里面热得不得了，是白天吸收的阳光的热，但是他们宁愿待在这里，而不是待在上面的石头地面。他们晚餐喝羊奶，嚼食少年早上挖的甘草根。老头子白天几乎都没开口，少年帮他清理伤口那短暂的时刻，他也完全没呻吟。然而入夜后却不同。刚睡不久，老头子便一直呻吟到快天亮。少年听着他昏睡时掺杂痛苦的呓语。刚听到他开始呻吟时，少年正凝视夜晚皎洁的月光，等待睡意的降临。他站了起来，朝着睡在毛毯上翻来覆去的老头子走过去。老头子一动，全身骨头就跟着在硬邦邦的地面翻滚，仿佛骰子丢在大理石上，引起一次次的疼痛。上弦月高挂夜空，将储水池染上一抹淡蓝。他瞧见老头子眼皮湿润，泪水滚落在他干瘪的双颊上。快天亮之前，牧羊人的梦呓停止，这时候少年才进入梦乡。几分钟后曙光微露，他觉得老头子在摇他的肩膀。

"我们已经睡过了，现在该离开了。"

他只睡了十五分钟，但起来时，他感觉自己仿佛在顶级的羊毛垫上好好地休息了一个晚上。他想着老头子、他的呓语和他的眼泪，刹那间不知道那究竟是真的发生的事还是他梦见的情景。他一手手掌弯成碗状，一手拿起玻璃瓶倒水注满。他泼湿脸，然后站起来，从储水池的池壁上方看出去。清晨的微风徐徐，让他湿透的脸颊更加清凉。倏地，他感觉自己好似穿越一处隘口，山谷的风越过山壁吹送过来。而那座山谷并不存在，除非眼前一望无际的平原是某样东西的底部，北方有群山挡住，其他方向还有一条他之前不知道的山脉。

"孩子，动作快一点。"

少年收拾好他们带在身边的几样东西，卷起老头子的毛毯，帮他爬上驴子。集合山羊后，他们回到道路上。这时他们同时望向左右两侧，似乎没有找到残障男人，就没有其他事情可做。老头子搔搔他的胡子，用头示意该往北边走，于是他们向北出发。四个小时后，他们抵达荒废小村庄旁的橡树林，没多说任何话，直接进入。

老头子在一棵树的旁边坐下来，让少年在几棵树之间搭好畜栏，并拿枯枝堵住树干之间的缝隙。少年把山羊赶进里面后，替驴子卸下东西，然后回到牧羊人那儿，在他身边坐下来，等待他的新指令。

"我们得离开这里。"

"可是我们才刚到。"

"我是指平原。"

"你可以留在这里,治安官要找的人是我。"

"看着我。"

牧羊人抓住衣领,打开外套,露出他的身体。

"我跟那个男人也有旧账。"

他遍体鳞伤,证明他曾受过多么严酷的折磨。究竟老头子口中的"旧账"是指鞭打还是其他更早之前结下的梁子,少年并没有开口多问。他想,这个地区人烟稀少,牧羊人和治安官从前碰过面也不足为奇。

老头子说他们得逃到北边的山区,那儿要躲藏起来比较容易,而且治安官绝不可能长途跋涉,到一个远离他管辖范围的地方。他还解释,那里是一片一年四季都不缺水的土地,幸运的话,他们可以把羊都带去。少年静静地听着,老头子说什么,他都点头附和。

这是一场危机四伏的漫长旅程,牧羊人说他们要尽快上路。他也告诉少年,他们得夜里赶路,越少人看到越好。他们需要所有可以找到的食物。

他们说好让少年到客栈去探一探。要是残障男人不在,他就回橡树林会合,两人一起到客栈搜集所有的口粮,然后继续往北。

"万一他在里面呢?"

"那你也回来,我们再想想其他办法。"

10

　　少年避开道路，循着两天前的路径离开橡树林。老头子靠着树干，目送他远离，并听着他开口的靴子踩着地面，在落叶间开出一条路。走出树林的树荫前，少年回过头与牧羊人四目交接，没人料得到不久之后将上演一场腥风血雨。

　　少年拖着背包，走过空旷的原野。他持续往前，直到可以俯瞰整座小村庄。他就这样站在那里半晌，试着看清楚村里是否有任何人烟。他希望能再多花点时间，视线扫过每一间屋子和每一根烟囱，不过上次中暑的记忆让他的后颈突突直跳，于是他决定继续往前。他驼着背，半跑半走地来到墓园，但跟第一次不同的是他没有逗留。他继续跑着，但不是直线式，而是抛物线式，尽可能让教堂挡在他跟客栈之间。一路上，他都把背包紧紧地压着身体，脖子保持直挺挺不动，眼睛盯着小村庄的方向。当他抵达教堂的围墙时，脖子的肌肉已经僵硬，后颈疼痛不已。他背贴着墙壁往下滑，碎石纷纷剥落，仿佛飘落在这片荒野的细小雪花。此刻已日正当中，他很想多待一会儿，等待太阳继续它的路，让建筑物再多一点阴影。他站在那里，凝视着橡树林泥灰色的黯淡轮廓，脑中浮现出他离开时牧羊人靠着树干的身影。接着是牧羊人打开一身破衣，露出遍布淤伤的躯干、胸腹的伤口和一道肋骨部位化脓的伤疤，一如耶稣受难的伤痕。对于老头子,他有种预感。有种不知道从哪里冒出来的感受,让他在这片上帝弃之不顾的荒野当中,感到又冷又怕。他刚跑步经过的休耕地恍若重新呈现了这种痛苦。这是他认识牧羊人以来,第一次感觉不到脚下在这片波涛汹涌的沙海所踩的那块坚实的地面。他想回橡树林。他双手撑在地上,后背离开墙壁,准备回头,却迟迟跨不出脚步,因为比害怕再也看不到牧羊人的恐慌更重要的是,残障男人的客栈或许有可以救他们的办法。

他贴着墙壁绕教堂一圈,只监看小村庄里客栈坐落的那端。他知道残障男人行动不便,动作不可能太大,顶多窗户小门打开或者烟囱冒出一缕轻烟。他感觉肠胃传出咕噜声,仿佛体内正在煮着橡皮。教堂柱廊旁有一棵金合欢,他在角落站岗的这段时间,树荫盖住了通道旁的一丛龙舌兰。他的视线紧盯着客栈,弓着身走到龙舌兰旁,然后待在那里继续等待。那丛龙舌兰是进入空旷的村庄之前的最后遮蔽物。他再一次评估他的选择。尽管看不到残障男人在村里的迹象,但再次遇到残障男人的恐惧依然占据心头,侵蚀了他。围绕他四周的干枯花梗仿佛静止不动的长矛,倒挂着一串串如纸的花朵。他举起手摸脸,揉揉额头和眼睛。他注意到盐巴和恐惧已经让他的伤口变干。

他踌躇许久,处在令人精疲力竭的紧张当中。连晒在头顶的毒辣阳光也没能让他移动半步。他望着抵达客栈需要穿越的空地,等待双脚能不经由意志而自己跨出去,但这件事没有发生。一直到阳光晒得他头痛欲裂,他才爬出龙舌兰丛,慢慢地站了起来，踏上一条应该会通到小村庄空屋后院的无人之路。

他来到一处庭院半倒塌的围墙边，坐在那里等待任何蛛丝马迹的出现。这里没有遮蔽物，两分钟后，他的脑袋开始迷迷糊糊，记不得走过哪些路。他的心狂跳不止，他甚至感觉到脖子、太阳穴以及腹股沟脉搏的跳动。他头痛欲裂，视线停伫在远处的教堂和再过去的橡树林。他明白自己迟迟无法行动，是害怕会走到无法回头的地步。他现在的位置远离橡树林的树荫，远离好几条可以逃脱的路线，远离双手疼痛的老头子的怀抱。眼前就是敌人的势力范围，虽然看不到半个士兵，但到处都是阴影和坑洞。

他贴着围墙坐着，摇摇头，想甩开脑袋的迟钝。他深深地吸了一口气，这时他的脑子仿佛被施了魔法，刚才让他动弹不得的东西顿时消失无踪。他再一次感觉到肠胃的咕噜声，脑袋的沸腾和压迫感已经消失。他转过身，朝墙的另一边看去，这是一间屋顶塌陷的房屋，里面的藤椅只剩骨架，坐垫和椅背都不见踪影。鸡舍歪七扭八的铁丝网好似饱受折磨的灵魂或烟雾勾勒的骷髅。一堆堆废物，掺混屋顶碎块和雨水，慢慢地在屋子厚实的围墙墙脚堆积。微风穿越了屋子，从正门口到后院，吹得蜘蛛网不住地摇晃。他弯着腰，经过每间屋子后面往北边而行，走到客栈的前一栋屋子。他紧贴墙壁，仿佛一道影子，进出围墙的每个凹凸处。他躲在屋子门楣下最后一处可藏身的地方，静静地等待着，看能否听到暴露残障男人踪迹的任何响声。他小心翼翼地等了一段时间，直到确定男人不在里面等他。

他心想，眼下的毫无动静也可能是男人在屋内睡着了，或者在屋前的藤架下，也可能在屋子的另外一侧。但对于腌肉和香肠的记忆让他想趁早结束这件事，不论是像个警察还是像个小偷般闯进屋内，他需要面对的只是一个身体不便的人。他来到这里不是为了他，而是为了另一个要他来到这里的人。他的脑海中浮现出残障男人躺在路上的最后一幕画面：口水、鲜血和小小的泥巴地。他伸手抚过额头，像是想在自己身上找到当初丢掷石块时，驴子踢伤残障男人的伤口。这时，他瞄了一眼四周，离开门口的暗处，偷偷摸摸地接近客栈后面的窗户。这儿跟正门一样也关上了木板小门。每块绿色门板的中央是个竖直的点状菱形图案。他推开贴着滴水槽的门板，开了一点缝，半弯着腰，将一只耳朵贴在窗台上聆听动静。过了半晌，他站直身子，脸贴在门板之间。他注意到里面涌出一道凉爽的空气，于是放松了戒心，让空气抚上他紧绷的脸。空气中夹带着一股湿亚麻布和让人平静下来的气味，或者那是堆在踢脚板处的石灰跟黏土的味道。他保持同样姿势好一会儿，感觉像是把脸浸到了清澈的溪水里。平常的话，微风应该会吹乱他的刘海，但这么多天没洗头发，发丝已经板结。木板小门里面是两片金属框玻璃，还没破损的玻璃因为油腻且布满灰尘而显得肮脏。他从流出空气的破洞瞧见屋内一片阴暗。首先，他看到的是光线将正面门墙窗户木板上的菱形图案投射在地面。等到瞳孔适应了黑暗，他看清楚了桌子、橱柜和挂着腌肉的铁杆。他的嘴充满口水，肠胃开始疼痛起来，好似有人夹住了他的肠子。再一次地，他的意识或者说他的恐惧褪去，于是他打开窗户木板，按着铁框，爬上窗台跳进去。到了里面，他推开窗户，让光线照亮厅堂。从这一刻起，他的眼里只剩下油得发亮的香肠和像蒸馏器般滴着油脂的火腿。他往里面一跳降落在地板上时，感觉到脚下的地砖在震动。采光充足的厅堂铺着砖块，上头的点状几何图案已经褪色。他注意到这里笼罩着第一次进来时没感觉到的紧张气氛。他快速扫视了厅内一圈，既然没人，他的视线便落在香肠上面。

他三步并作两步来到墙边，扯下第一串挂在上面的香肠，将绳索拿在眼前。他将红肉囫囵吞下肚，尽管味道呛辣，他也没停下来，没有那种好几天没进食的人该有的谨慎。他任凭原始的本能带领自己，先填饱肚子，生病的事以后再说。他吃个精光，几乎整块吞下。吃完后，他举起袖子抹干净嘴巴，留下油脂和胡椒粒在上面。

吞下最后一块香肠时，他的视线回到那根铁竿，找寻其他祭五脏庙的东西。他挺直身体，鼻尖凑了过去，嗅着一根腊肠，但它闻起来有馊味。他闻了另一根血肠，那股被几乎其他味道掩盖的香味引诱了他。他整根扯下并咬了下去，每咬一口就发出脆响，一开始他还以为那是牙齿断掉的声音。他摸摸脸颊，但没感觉半点儿疼痛。他回过身，感觉有人盯着他看。他的眼睛先是搜索比较明亮的地方，然后往暗一点的地方看去。他没发现什么，但是厅堂有些角落笼罩在黑暗中。他悄悄地把血肠放在桌上，走到阳光倾泻一地的砖块地板的中央。他打开双脚蹲下，犹如受惊的马匹般竖起两耳细听。他缓缓地回过头，终于看见了。

有人在厅堂角落的壁橱旁，躲在遮住隔板的粗布帘子后面。那块布没盖到地面，他可以看到下面露出应该是手肘的部分。他往后退到桌子后面，等着接下来要发生的事。当他盯着那只手臂时，没看到任何动作，也没听到任何声响。他首先想着手肘的主人是残障男人，或许是睡着了，但他立刻想到任何神志清楚的人都不可能选在那里休息。或许那是个醉汉，要么是跟他一样闯进这里找寻挂在墙壁的腌肉或瓮里红酒的人吧。他继续站在桌子后面，寻找四周有什么可以拿来隔着距离掀开布帘的工具。他在背后找到一根长竿，顶端是铁夹子，就是那种村里店家用来拿架子高层东西的工具。他拿着一端，走出躲藏的桌子后面。他站在距离壁橱两米的地方，把竿子伸过去，用顶端的夹子拨弄布帘。伸长到前面的竿子害他重心不稳，不小心敲中某个东西，大概是躲在帘子后面的那个男人的头颅。他缩回手，后退一步，等待对方的反应，不过没有任何动静。他跳进来的窗户依然开着，倾泻进来的光线照亮室内。光线照不到的地方，也就是此刻那个手肘露出来的位置，以及其他阴暗的角落，埋伏着他无从想象的危险。

他发着抖，再次把竿子伸向布帘。他掀开其中一角，立刻认出了残障男人的面孔。他的前额依旧印着化脓的伤口，仿佛牲畜的烙印。他想要看到整个身体，于是用力一扯，却不小心将挂布帘的铁竿一头扯落。那根铁竿跟布一起掉在男人脚边，发出刺耳的声响。地面上灰尘扬起，就像马匹经过时吓飞不再回头的鸽子，消失在角落的暗处。

男人赤裸的身体令他联想到饱满的酒囊。他的皮肤没有毛发，圆滚滚的身躯只有骨头的地方才有曲线。看过去，他双腿的疤痕就像装满酒的皮囊底部的缝线。他靠近那具身体，抬起靴子，用靴尖踢了踢。他碰碰男人的肚子、胸部和肩膀，不过对方都没反应。于是他蹲下来抓住男人的下巴，摇摇男人的头。他打开对方的眼皮，只瞧见像老旧象牙般发黄的两个眼球，完全不见瞳孔的踪影。他往后退去，两眼紧盯着对方，直到后背撞到墙壁，然后坐在那里。

他盯着那具难看的身体好一会儿，问自己是不是害死他的凶手。他们最后一次见面时，要除掉这个男人是他面临的其中一个选择。没错，他最后没下手，而是把残障男人丢在储水池旁，对方只是昏迷不醒。不过，他的身体有残疾，而且躺在一个毫无遮蔽的地点，也可能奄奄一息甚至送命。他的目光停在男人的胸口，希望看到它呼吸起伏，但是什么也没有。他试着厘清前因后果，可是他满脑子只想着对方死了这件事。他曾经从神父的布道中听过数百次的死亡。数以千计的埃及人淹死在红海里，大希律王杀害并分尸无辜的婴孩，甚至是耶稣在各各他流血而亡。然而，现在是另外一回事，他不知道自己该怎么处理。

他待在那里两个小时，凝视着尸体。他诧异尸体的外观和毫无生气的模样是那么可怕。这段时间，午后的阳光转趋柔和，客栈内暗了下来。尽管他前一晚几乎没合眼，却丝毫没有睡意。盯着男人的尸体时，他无法连贯思考，他的脑子像是着魔般神游在那具怪异的尸体上。他只需要几分钟清醒的时间，记起他在丢下残障男人的储水池旁发现的往两个不同方向离开的马蹄印。他也没有留意到男人的下巴下方有绳索留下的青紫勒痕，没有觉得尸体竟然一丝不挂非常怪异。他不知道自己身陷危险。他继续待在那里，直到听见有东西抓着客栈大门门板的声音。

他飞快地站起来，后背跟手掌紧贴着墙壁。他认出那是某种动物的爪子抓木头的声音，于是松了一口气。他走到门口，打开一点缝隙。牧羊人的小狗在地上摇着尾巴，吐出舌头看着他。他把门整个打开，迎接那条狗，而小动物热情地扑到他的身上。少年跟以往一样蹲下来，捧起它的头，挠着它的下巴。他从这个位置可以看到一双男人的腿，对方坐在正面门墙其中一扇窗户下的石凳上。少年不必确认他的身份，立刻跳了起来，想关上大门。

他差点就成功了，但那个男人的靴子硬是踩在大门和门框之间。即便如此，少年还是用力几次，但是坚硬的靴底让他无法如愿。当他明白做不到，便飞奔到屋子后面，想从他跳进来的窗户逃出去。从明亮的四方形窗口看来，外头的午后已经逝去，而远一点的地方是教堂的轮廓。他想要跳出去，他几乎快成功了，但治安官的助手早从正门口绕到后面去，在窗外守候。他拿着一把贝瑞塔双管猎枪，枪托上镶嵌象牙。少年猛然停下脚步，虽然如此，他还是差一点就撞上了那个男人。他没真的撞上，但闻到了那人身上发出的酒味，那种每当他父亲从酒馆回家时身上带有的甜腻气味。他几乎没时间看清楚那人的脸，但这人的模样却永远烙印在他的脑海里：橘红色头发、汗水湿透的花白胡子、空洞的湛蓝眼眸，特别是他油亮的鼻子密密地分布着仿佛就要裂开的蓝色血管。

他转过身，即便没有其他逃生路径，他的心中还是期待地面或墙壁会裂开，冒出新的出口。而他在客栈破烂的屋顶下只看到治安官熟悉的面孔、猫似的狡猾表情和整齐的穿着。一个让他差点站不稳的画面。

"看看是谁在这里呀。"

一如往常，治安官脱掉帽子，整理头发。

"柯罗欧，看到没？"

他的助手手肘撑在窗台上，点了点头，然后一边继续点着头，一边查看屋内。他的目光不管是停在屋梁上还是残障男人的赤裸身躯上，都一样专注。当他看完厅堂的所有角落，便对治安官示意，抬起下巴指向铁竿上挂着的香肠。治安官扯下一根腊肠，丢向窗外的男子，但视线从头到尾都没离开过少年。他的助手没接住，飞过来的腊肠击中一块还留在窗户上的碎玻璃，掉到地上。那个男人肚子跨在窗台上，伸手去捡腊肠。捡起来后，他用袖子清掉玻璃，一边咬着干肉一边离开了。

治安官也看了一眼屋内，好似这个地方能勾起他的什么回忆。之后，他走到后面的窗边，踩着几块掉在地上的碎玻璃，望了窗外一眼，享受了半响平原风光。接着，像是防备即将来袭的风雨，他关上窗户木门，拉上插销。那条进到屋内的狗正躺在少年脚边，闻着积在他脚旁的一摊液体。

刚刚关上的窗户门板传来敲打声。治安官重新打开。

"长官，有没有什么可以喝的？"

他的助手再次把手肘撑在窗台上，治安官开始在屋内翻箱倒柜。窗外人等待的同时，打趣地将少年从头到脚看一遍，似乎正想象着即将发生在他身上的事。治安官走到窗边，把包着藤编物的玻璃瓶交给他，里面装了约六公升的红酒。

"现在给我滚开，不要再来打扰我。"

他的助手拔下瓶塞丢到屋内。他用两根手指拎起藤编的把手，将玻璃瓶架在小臂上，灌下一大口。治安官看了他一会儿，露出不耐烦的表情。

"别喝太多酒，明天一早你还有工作。"

他的助手放下玻璃瓶，丢给长官一个猥琐的微笑。他的眼眶湿润，眼皮微微闭上。他打了一个嗝，转身离开。

"该死的醉鬼。"治安官一边嘟囔着，一边探出身子把木门再关上。拉上插销后，他推了推木板，确定它牢牢地关紧了。他从其中一个洞瞄出去，然后转过身，踩得靴子底下的碎玻璃嘎嘎作响。他站在那儿，把少年从头到脚看过一遍，仿佛正在欣赏一道可口的美食。

"孩子，别怕，你不会怎样的。"

治安官露出微笑，补充了一句："至少不会跟之前不一样。"

他踩着相当慢的步伐，穿过厅堂，来到少年旁边。他弯腰抓起那条狗的项圈，把它带到门口。关上门前，他瞥了一眼助手往小村庄入口方向逐渐远离的身影。那人一手拿枪，一手举着玻璃瓶喝酒。治安官关上正面门墙的所有窗户木门后，里面顿时变暗。摸黑的几秒钟，少年听到他在室内某处发出窸窸窣窣的声响。某个时间点，治安官点燃打火机，过火给角落里一支少年之前没注意到的猪油大蜡烛。接着，他慢慢地绕了厅堂一圈，拿起他需要的东西。他在桌上放下腌肉、香肠、火腿和一罐油。他拿起装酒的大陶罐，也放在桌上。到了壁橱那里，他得用靴子踢开残障男人的手臂，才能拿出一个锡盘和一个水杯。他还在罐子里找到面包条。桌上的一切准备就绪后，他便拿来椅子，开始吃晚餐，仿佛是独自一人在这里。他把盘子里的香肠切成一块块，和面包条一起吃。每隔一会儿，他便拿起油罐淋上要吃的食物。

治安官用餐的这段时间，少年直直地站在那里，不敢抬头。他靴子湿透，身体肮脏，胆量已经耗尽。他知道逃不过接下来要发生的折磨，但是他没掉半滴泪，因为他已经尝过了几十回。就算治安官完事后要就地杀掉他，或者带他回到村子，都已不是他在乎的事情了。他的命运骰子已经掷出，牧羊人的也是。

治安官酒足饭饱后，从窗户木板门菱形图案中透进来的光已经完全消失。他一手推开残羹剩饭，站了起来。他把手伸进墙壁边一个存放核桃的袋子，撒了一把在他刚才清空的桌面上。他坐回椅子，用吃晚饭时用过的一把小刀打开一颗颗核桃。他将刀尖插进每颗干果的底部，转一圈，将其分成两半。尽管他手指粗肥，还是能挖出整个可以吃的部分，把核桃壳丢进一个木钵。他一颗颗撬开核桃的这段时间，少年一直保持安静。他脚边的一洼液体已经渗进地板的缝隙，不过他的裤脚还是湿答答的，这时他注意到自己的小腿有点肿胀。

"事情做好很重要。"

治安官仔细观察两手拿着的同一颗核桃的两半。他用两根手指各拿着一半，将它们接合，直到紧密合在一起，仿佛拥有四个部位的大脑。

"而你做得太差。"

少年依然盯着墙壁。治安官的出现仿佛有一股力量，加上对他的回忆，让少年动弹不得。那些浮上脑海的回忆恍若游过黑暗井底的鲶鱼。

"你要我讲多少次，不可以告诉别人我们之间的事。"

"我没有告诉任何人。"

少年微微抬起头，他的声音带着疑惑的抱怨。

"那么牧羊人呢？"

治安官咀嚼着一颗核桃。少年缄默下来，试着好好扮演此刻不再是他自己的角色。

"我不懂您在说什么。"

"你这几天跟着的那个老头。难道你要我相信你自己有办法一个人来到这里？"

少年两腿瘫软，一股从未感觉过的无助感袭来，令他跪倒在地。即便他的父亲第一次带着他到面前的这个男人的家中，把他丢在那里任其发泄兽欲，他也不曾有过这样的感觉。他蜷缩成一团，在潮湿的地面和湿润的眼眶之间，塑造一个空间。他感觉一如过去那么多次一样进行的仪式，再一次揭开了序幕：治安官坐着，抬起一只脚搁在膝上，慎重地解开靴子的鞋带。他把靴子以精确的方式在地上对齐鞋跟，放到椅子一旁。他站了起来，解开衬衫的扣子，袒胸露背地往少年的方向走去，来到他的身边。

"站起来。"

少年听从他的命令，低垂着头站在他的面前。

"抬头。"

少年驼着背，握紧拳头，脚趾拱成弓状。

"我命令你看着我。"

到此刻为止还忍住不哭的少年发出了呜咽声。

治安官的手拂过少年黏糊糊的发丝。他轻抚少年的脖颈，手背摸着少年泪湿的脸颊，然后停在那里，摩挲半晌。他将手指凑到嘴边，舔舐少年混合咸味和灰尘的泪水。

"看着我。"

治安官试着抬起少年的下巴，但是遭到他的抗拒。

"好吧。随便你。"

他拉着少年的肩膀走到桌子边，命令他把双手打开按住桌面。少年眼眶肿胀，盈满其中的肮脏泪水开始滚落，滴进装核桃的木钵。

快要烧完的蜡烛将他们俩的影子映照在墙壁和屋顶。少年听见治安官在背后的规律动作声和哼气声。

忽然间蜡烛熄灭,治安官厌烦地吹了口气。他摸黑回到拿出蜡烛的角落,因为找不到他要的东西,便改往壁橱那里去。他跨过残障男人的尸体,收起垂在地面的粗布帘。他撕下两块布条,回到桌子边,用手指捏成一团。接着,他把油罐的油倒进盘子,将捏成一团的布条放在容器底部,摆成一个十字形状。他浸湿布条,再次把尾端扭在一起,好比捋着八字胡的动作,往上一拉。他找到外套口袋里的打火机,过火到布条的四个尾端,直到四簇小小的火焰噼里啪啦燃烧起来。室内再度点亮,少年可以看到治安官整齐地摆在椅子边的靴子,以及他折好挂在椅背上的衬衫。治安官回到少年身后,准备再一次开始时,大门传来几声敲门声。

"柯罗欧,你这个该死的混账!我告诉过你不要来打扰我。你现在又想要什么鬼东西了?"

治安官的吼声在屋内响起回音,他转过头往门口看。大门发出轻轻的嘎吱声,非常缓慢地打开了,街道的徐徐微风吹得扭曲的布条焰火摇曳。

出现在门槛处的是牧羊人的身影,他手里握着治安官助手的猎枪,模样有点滑稽:驼背、宽松的裤子、因为奔波和挨饿而凹陷的脸颊。他几乎站不住脚,得靠着门框来保持平衡。他气喘吁吁。

"老头儿,给我滚开。"

牧羊人站在门口半步不移,枪管对准治安官的脑袋。他试着说些什么，但又把话吞了回去，咳嗽起来。他依然举着武器，吐了一口带血的痰。这时他终于开口：

"孩子，离开这里。"

少年的肩膀上还搭着治安官的手，他没有移动。

"老头儿，把枪拿开，不然你剩下不多的人生会永远后悔。"

"孩子，趴到地上，捂住耳朵。"

牧羊人的语气是那么坚定，仿佛真正男子汉的双手强而有力的一握。一种坚若磐石的语调从牧羊人身上某个未知的地方对着少年发出，跟真正吐出这句话的男子羸弱的外貌格格不入。火翼天使推倒了围墙。少年听从了他第二次的命令。他非常慢地缩回身子，留下治安官一个人站在原处，那只钳子般的手还杵在同样位置，好似少年的肩膀还在那里。治安官目瞪口呆，不是因为害怕，而是觉得诧异。

"老头儿，你没那个胆。"

"孩子啊，别看。"

一声轰然巨响从枪管的末端传出。那震耳欲聋的枪响萦绕在少年脑海里好几天才完全消失。许多在破屋里拉屎的鸽子吓得从塌陷的屋顶窜逃而出，发疯似的飞向四面八方。少年感觉一具尸体瘫倒在他的身旁，肉块飞散到空中，喷溅到他的身上。剩下的尸体则倒在紧密接合的地砖上，他甚至能感觉到砖块的震动。他在惊愕中听到治安官发出最后一记声响，也就是他的脑壳撞击地面时发出的那种熟过头的葫芦裂开的响声。肥厚的外皮只有大刀跟炸药才打得开，里面净是粉感密实的果肉，被突然的撞击撒了一地，于微微弹跳后结束。

当少年终于睁开眼睛，牧羊人已经走进厅堂，扶着桌子站立。他不知道自己闭着眼睛过了多久。他注意到耳朵流出液体。那支枪还冒着烟，弥漫硫黄味的气体往屋梁之间蹿去。他感觉到旁边的骨头和失去生命迹象的肉块变成一堆支离破碎的东西。还有那股贴着他身体的温热。老头子的声音冒了出来，仿佛从他的梦境中某个裹上一层石蜡的地方传来。少年发出一声尖叫，激动不已。他叫得越来越大声。几秒过后是老头子的声音：

"孩子，看着我！看着我！"

少年抬起头，望向老头子声音的出处，迎上一对严肃的眸子。他认真的眼神吸引他的注意，让他不去看治安官头颅爆开的画面。牧羊人对他举起食指，然后指向他自己的眼睛。"看着我。"他带着夸张的表情说。"看着我。"他重复一遍，举起另外一只手，示意他靠过来。

少年拖着脚步走向牧羊人。到了那里，他双手扶着桌子，背对治安官站着。老头子捧起少年的脸，从他耳朵流出的鲜血染红了他的手掌。他抱住少年的头，让少年靠着他孱弱的身子。少年的下巴合不起来，抖动的模样恍若打着哆嗦。他的眼神空洞。小狗从门口探进头来，但不愿意进到里面。

"我们离开这里。"

少年还因为刚刚发生的事情惊魂未定。他举起牧羊人的手，环在自己的肩上，帮着他向外面走去。不过，就在这个时候，他瞄见桌上装满核桃的木钵。他放开牧羊人，站在核桃前面。老头子看着他，没有说话。少年握紧的拳头摆在桌面，盯着那个木钵好一会儿。他垂下头，仿佛脖子软弱无力。他开始呜咽，紧接着是不安的哭泣。少年每隔一段时间就喘不过气来。牧羊人让他哭了片刻，然后把手放在他的后脑勺，带着他走向门口。

少年站在门楣下，举起肮脏的袖子擦干眼泪。他抬起牧羊人的手，踏进炎热静谧的黑夜。他们穿过广场往水井的方向去。老头子拖着脚步，少年则像瘦弱的拐杖，支撑着几乎站不住脚的牧羊人的重量。当他们抵达目的地，少年帮助牧羊人把背靠着井边的挡墙坐下来。上弦月还没出现在夜空，看不太清楚十五或二十米外的距离。只有治安官点燃的布条从客栈的大门里透出微弱的晕黄光芒。少年坐在牧羊人旁边，他们一直没有交谈，就这样彼此依偎，进入梦乡。

一阵抽搐将少年唤醒。身体突如其来抽搐时，他的头滑落到牧羊人的膝上。他靠着牧羊人瘦削的肩膀，好一会儿都无法说出连贯的字句。他起身，心不在焉的神情仿佛喝醉一般。他瞥了一眼身边的老头子，他正靠着井边温热的石头挡墙。

"我做了一个噩梦。"

老头子继续听着他说。

"治安官的助手想要放火烧我。"

"他再也不会伤害你了。"

"你对他做了什么？"

"跟他长官一样的事。"

少年两手捂住耳朵，因为他听到一声响亮的哨声从他的大脑传到耳膜。他的视线扫过四周，只看见高处闪烁的星子，以及发出牛奶般光晕的上弦月。客栈或其他地方都没有生命的迹象。西边吹来一阵热风，夹杂了刺柏或松树针叶晒焦的味道。

"柯罗欧在哪里？"

"你现在不必担心他。我们得尽快离开这里。"

"去北方吗？"

"对。"

"到那里以后，要做什么？"

"现在讲这个还太早。"

"我去找驴子，然后我们就上路。"

"你忘了一样东西。"

少年思忖半晌。

"孩子，山羊呀！那是我们唯一拥有的东西。"

少年漫步到街道的中央，往南边而去，小狗陪伴在他身旁。一只猫从一座废弃的屋子里跃出来，经过他的面前，没有发出一丝声响，当它快到目的地时，停下脚步望着他。接着，它继续前进，速度比较缓慢，然后钻进一扇半倒的门底下的缝隙。

抵达小村庄入口时，驴子正如牧羊人所言，被拴在一处栅栏前，再过去一点是治安官的摩托车。他轻轻地抚摸牲畜的额头，感觉它头骨有棱有角的线条。他解开绳索，和驴子一起离开小村庄，往橡树林而去。

爬上山坡时，他算不出他们睡了多长时间，以及还有多久就要天亮，可是他知道脚程得快一点。他几次拍拍驴子的臀部，他们开始赶路。当橡树林出现在眼前时，小狗跑到了前头去。等少年抵达畜栏处，他看到那三只山羊挤在一块儿，小狗正绕着畜栏外边跑来跑去。他拆掉当门的荆棘，顷刻间，山羊全奔散到附近。他给驴子装上老头子的物品和几乎见底的玻璃瓶。

他以小跑步的速度进入小村庄，这一刻他的目光停在治安官的摩托车上。他小心翼翼地靠过去。忽然间，车子的外形在他眼里变得很新奇。宽手把、粗车架，而前面挡泥板弯曲的车牌恍若船头的雕刻物。还有那圆形的副车座、进出口和车盖，他曾经搭过那么多次车，就躲藏在这里。他的手拂过车头和雨刷，一如正在抚摸马匹。他探身到驾驶座里，认出座位上漆布滚边的毯子。他吓得往后一跳，好似那块布瞬间燃烧起来。他拉紧缰绳，尽可能加快速度离开那里。

他回到井边，看见老头子坐在他离开时一样的位置。他靠了过去，跟他说他回来了，等待他下一步指示。

"让山羊喝水。"

少年卸下其中一个玻璃瓶，倒水到钵里，凑到牧羊人的嘴边。老头子喝下掺杂泥巴的水，然后看着少年。

"马上让它们喝。"

少年拿下小陶罐，倒水给动物喝，全部都喝过后，他在牧羊人身边弯下腰。

"现在搜集你能找到的所有食物，再把玻璃瓶装满水，让驴子背着。"

"我不想回到客栈。"

"难道你宁愿继续挨饿？"

"我做不到。那个男人……"

"那个男人已经无法对你做什么。"

"我怕。"

"不要看他的头。"

少年在客栈正面门墙的石凳旁发现治安官的鞭子。他拿起鞭子在空中挥舞，仿佛那是苍蝇拍。他注意到，因为使用的关系，握把和皮条的皮革已经磨损。尖端部分有个三角形的簧片，他记得在牧羊人的身体侧面看到过这种印痕。

他从黑暗的门口探身进去，拿着那把鞭子在前面挥舞。里面飘来他熟悉的肉香味，此外还有他之前没闻过的淡淡臭味。他把头伸进黑漆漆的厅堂内，可是看不清楚任何东西。他感觉到这个地方笼罩着意外发生过后的沉重。一如古老的圣器室，那里摆着仿佛从时间起源就开始使用的庆典服饰，里面的墙壁经历世纪交替，吸收了侍童、孤儿和弃婴的叫喊声，掺杂着痛苦、仁爱和遭人遗忘的死亡。腐臭的气味在不可告人的罪恶之间蔓延开来。

他的肚子一阵翻绞，差点吐了出来。他转过身，迎上挡墙那儿老头子的目光。他吸了一口气，甩甩头，摸着墙壁走进去，用唯一的防御工具鞭子开路。他拖着脚步，避免踩到任何东西，走到挂香肠的地方。他拿下剩下的六根香肠，挂在手臂上。

他沿着同一条开好的路，回到客栈门廊的驴子旁。他把它拴在墙上的铁环上，接着来来回回好几次，在篮子剩下的空间塞满香肠、面粉、盐巴、豆子和咖啡。当再也塞不下任何东西时，他便带着驴子回到井边，把它拴在拱门那里。他花了许多时间汲水，小心翼翼地把水倒进玻璃瓶狭窄的瓶口。很多水洒了出来，浸湿了篮子和牲畜的两侧。驴子不时用嘴巴磨蹭身体，想减轻那股瘙痒的感觉。下面的小狗和山羊正在争夺篮子里掉下来的香肠。少年忙着准备时，老头子一直靠着挡墙，垂头坐着。当少年确定东西都用绳子固定好后，便把毛毯盖在上面，好让老头子可以骑在驴背上旅行。他在牧羊人身边蹲下来跟他说话：

"我已经让驴子背好东西，我们可以出发了。"

牧羊人没有搭腔，连一点动作都没有。少年害怕他已经断气，忙把耳朵贴到他嘴边，但没听到任何话语。他吓了一跳，摸向他动也不动的手臂。"老爷。"他说。靠着石墙的牧羊人动了一下，摇摇肮脏的头，慢而无力。他睁开眼睛，那双眼仿佛古老的硬币大小，满是皱纹，而且失去了光芒。少年再靠近一点，把头几乎贴在继续嘟囔的老头子的胸前。

"我听不懂。"

"你得埋掉尸体。"

"啊？"

"埋掉尸体。"

少年站了起来,看向四周。放眼望去,小村庄鬼影幢幢,到处都是断壁残垣。夜空一如以往遥远。他头往后倾,吐了一口气。他感觉自己就快支撑不住。这一刻,他只希望躲回坑洞,那个他逃亡第一晚藏身的温热潮湿的洞穴,烂泥巴筑成的原始洞穴。那里恒温,阳光无法照射,树根牢牢地抓住泥土,遇到水或者风来袭,能留住土壤。他凝视自己颤抖的双手,叹了一口气。驴子已经满载货物准备上路,而它旁边的老头子下了一个让他完全费解的指令:埋掉那些狗娘养的混账,替他们找个安息之地,逃过成为野兽盘中餐的最后审判。

少年再次在老头子身边蹲下来。

"我一个人做不来。"

"你得去做。"

"我没有铲子,也没有十字镐。"

"如果你不掩埋,他们会被鸟儿吃掉。"

"那重要吗?"

"当然重要。"

"那些男人不配善终。"

"所以你得去做。"

他们最终同意不掩埋尸体,但是不要让野狗和乌鸦收拾他们。牧羊人跟少年描述治安官助手的尸体在哪里,告诉他应该把那具尸体跟其他的尸体集合在一起。

"到客栈去,把装栗子的袋子拿过来。不要看治安官的尸体。"

少年完成老头子的要求，拖来半满的粗麻布袋。他依照牧羊人的指示，把袋子带到驴子那边，松开绑着它的绳索，拿开毛毯，卸下篮子里的一部分东西，再用栗子塞满食物、玻璃瓶和器具之间的空隙。

少年一手拿着麻布袋，一手牵着缰绳，带着驴子到治安官助手断气的地点。他在一间屋子后面找到了倒在石凳上的尸体，地上躺着那人从客栈拿走的酒瓶。他的马拴在一根干枯的藤架的柱子上，那只动物感觉有人出现就用前蹄刨地。少年靠近马匹，抚摸它的双颊，想让它冷静下来。那只动物焦躁不安，少年心想它可能渴了。他解开马，想带它到井边，不过马受到惊吓，往南边飞奔而去。他看着马爬上橡树林的山坡后失去踪影，叹息一声，因为像这样的动物本可以卖到非常好的价钱。

尸体倒卧的地方没有月光照拂，少年只能看清楚尸体大概的轮廓。老头子让他别看尸体的头。"既然他死了，你也就没什么好怕的。"牧羊人跟他说，但站在尸体面前，少年仍感觉自己无法完成该做的事。他想象着牧羊人来到这里，手里拿块石头，从黑夜里一声不响地冒出来。

老头子没告诉他，当他碰到治安官的助手时，对方并未昏睡。他烂醉如泥，如游魂般走在一处布满灰尘的畜栏里，不时地被食槽和箩筐绊倒。他用红肿的舌头一边唱歌一边祷告，他有着已遭判刑的人的眼神。牧羊人没告诉少年，治安官的助手在神志不清的状态下把一切和盘托出：摩托车、展示打猎战利品的客厅、少年的父亲、毛毯、谷仓、贡品、杜宾犬、少年。所有少年。

他也没跟少年解释，他听完治安官助手的话后是怎么带他到石凳那里，让他躺在那硬邦邦的毛石上面。他只字不提接下来发生的残忍经过，他如何取了那人的命来赎罪。

老头子只吩咐少年，把尸体拖到客栈之前，应该用麻布袋套住尸首头部，像风帽那样，然后在脖子部位束紧。"不要看他的脸，不然只会让你难过。"

起先，他根本难以靠近尸体，也使不出力气把麻布袋拽过去。他别过头看向黑夜，碰触那个男人僵硬的胸口，试着找到他的头在哪里。他注意到那衬衫湿湿的，赶忙把手拿开。他的视线始终看着其他地方，卷起麻布袋口，套到尸体的脸上，再把布袋往下拉，挨到尸体所躺的石凳。他把麻布袋从脖颈后面拉下，等他认为整个头颅都已经套在里面，便松开布袋口，拿条绳子绑在脖子位置。当确定布袋不会松开后，他拉动尸体的双腿，让尸体跌落地面。石凳上留下了变黑的血渍、脑髓以及粘附血块的头皮碎片。

他把尸体的双脚绑在一起，将绳子连到缰绳上，然后进行老头子吩咐他做的事。他花了很多时间才抵达客栈，要载着家当的驴子往后倒着走简直难如登天。到了客栈后，少年试着让驴子倒进厅堂，可是因为后面漆黑一团，这只动物无法判断后面的情况，便赖在那里不安地踢脚。

少年在客栈门前解开尸体，让他的双脚掉在地上。他抓住他的裤脚，使尽吃奶的力气，想把他拉到里面，却怎么也拉不动。他又试了几次，但每次都累得倒下，还是没办法移动尸体半步。

天色还没有亮的迹象，不过他估计日出的时间快到了。他感觉自己一个人搬不动尸体。一时间，他心想就把尸体丢在这里算了。那人要报仇的话，应该找治安官，而不是找他。他看向井边。牧羊人安静地坐在那里，小狗待在他身旁，山羊分散在其他地方。他有了个点子。

他回到井边的挡墙，拿来几个之前用来给牲畜喝水的陶罐。接着，他爬上石墙，取下滑轮。那个东西的重量害他差一点跌进井里。

他回到屋内，把滑轮放在桌上，然后蹑手蹑脚地在屋内翻箱倒柜，看能不能找到绳索。最后只剩下壁橱没搜过，他停下动作。他听到自己的呼吸声飘荡在静谧的空气中。经过治安官身边时，他感觉自己踩到了一摊地板上凝结的血，地面十分湿滑。他拖着脚步走向壁橱，一边想擦掉靴底的粘附物。残障男人的尸体躺在他的脚边发臭，他伸出手，站在外头摸索壁橱里的墙壁。他摸到好几种工具的握把、几串大蒜，还有一小根卷在钉子上的绳索。

那条曾经困住他的锁链还铐在柱子上。他把滑轮挂在铁环上，将绳索穿过磨得光亮的洞孔。他把绳索两端拉到治安官助手躺的地方，其中一端跟绑住他脚踝的细绳拴在一起。他拉住另一端，尸体的鞋子并在一起，好像死者正在踏正步。他试着用力一点，可是尸体的重量害他重心不稳。他张开两只脚，踏在门框的两侧，利用自己的重量使尽全力拉。尸体只稍微移动了一点，但至少是动了。二十分钟过后，他终于把治安官助手的尸体拖到厅堂里，让门得以关上。

少年接下来所做的并不是牧羊人的命令。他靠近治安官的尸体，闭上眼睛搜索他的外套。他从内袋里掏出一个银制打火机，放进自己的衬衫口袋。他把残障男人存放在壁橱里的一罐油淋在所有的尸体上。液体浸湿了他们的衣服，当他们的衣服再也无法吸收更多的油，剩下的油便流到地上，永远地玷污了地砖的图案。他把他们的尸体盖上屋顶掉落的金合欢、治安官滑轮上的绳索，以及残障男人存放苏打水瓶的破木盒。他捡起香蒲椅子的残块——那是他逃离残障男人的囚禁时弄坏的，把还连在一起的部分拆掉，跟椅垫一起丢到眼前的柴堆上。

少年拿着一个木盒回到井边，到达后，他在牧羊人身边蹲下。

"都好了。我们可以走了。"

"尸体安全了吗？"

少年看向客栈，石灰墙映照着淡红的晨曦。

"我想是吧。"

"地狱已经打开门迎接他们。"

"没错。"

他替老头子戴上阜帽，拉他起来。老头子几乎站不稳。他的裤子忽然变得松垮垮的，破烂的外套盖住他遍体鳞伤的身体。

直到这一刻为止,少年都没发现老头子是如此干瘦。他帮老头子在挡墙上坐下,把木盒放在他脚下,然后拉着他的手臂,让牧羊人踩在木盒上。接着,他把驴子带过来,腹部正好停在老头子的面前。老头子站在木盒上,篮子的高度刚好在他的肚子位置。少年帮他趴在行李上面。他伸长手臂和双腿,终于在驴背上坐好,两条腿插在塞满的篮子之间。

少年最后一次返回客栈。街道沐浴在微明的天色中,不过还要好几个钟头,阳光才会照进厅堂。他抓起麻絮火把,目光扫过厅堂一圈,但几乎看不清楚里面。他吸一口里头弥漫的霉味,第一次,他闻出了有老鼠居住的那种气味。那种沉闷的味道,掺混破旧木头、啃到一半的玉米梗和像面条般的褐色粪便。他也闻到残障男人的身体在里面发腐的臭味,还有已搜刮一空但依然萦绕不去的腌制肉品的香味。他抓住门环,用力拉门,可是关不上。他连试好几次都没成功。地上可以看见治安官助手的手伸在门外,于是他一脚把他的手踢进去,再次把门拉上,直到看见插销滑进榫眼。他朝井边望了一眼,看见牧羊人骑在驴子身上,像个囚犯似的低垂着头,手指交叉摆在行李上面。

他从衬衫口袋拿出打火机点火。蓝色的火焰照亮了他的脸庞。若是有面镜子,他看见自己的脸一定会哭出来。他将打火机凑近火把露出的麻絮,吹一口气让它点燃。他把火把的顶端垂向地板,缓缓地转动,直到整个火把完全烧了起来。他打开窗户木门,将火把丢进里面那堆杂物,然后站在那里观看。起先看不到什么动静,有那么一瞬间,他怕火没烧到那堆东西,已经自行熄灭。接着,两分钟过后,椅垫的干燥香蒲出现火焰,其他的东西也跟着烧了起来。他留下半开的窗户木门,让火持续燃烧。他抓住驴子的缰绳,他们一起离开小村庄,往北边的群山而去。这时已经完全天亮。

11

当早上过了一大半,把村庄和浓烟远远抛在身后时,少年才发现牧羊人已经断气。他决定在一片远离道路的树林停下来休息。经历了昨晚的事,他觉得先躲避烈日和人群,再试着睡一下,这样比较妥当。他猜牧羊人也会觉得这个决定不错,这也是他的每日行程:夜间活动,白天躲藏。

这是从他们认识以来,第一次不是由牧羊人决定何时该停。下了决定后,他感觉自己已能作主,而牧羊人会感谢他这么做。

一路上,他几次回头确认老头子和山羊是否安好。有一次,牧羊人的身体失去平衡,少年发现他靠在露出篮子的玻璃瓶的瓶颈之间。他以为牧羊人睡着了,像他这个年纪的人尽管姿势不舒服也依然可以入睡,他并不觉得奇怪,毕竟那身骨头累积了太多的疲惫。

他们离开道路,沿着一条干巴巴的石子路穿过了田野。他注意到他们留下的足印,有股冲动想要除去它们,可是就算他能拿树枝抹去驴子的蹄印,却没办法把山羊的粪便捡拾干净。他想着前一晚,想着治安官助手被砸烂的头颅,和他主子被火药轰飞的脑袋。他也想着逃亡的这些日子,无法睡觉的夜晚,饥饿、过饱,以及他的命运。他发现自己的眼皮颤动着,这一瞬间,他已经不在乎一切。他可以停在田野的中央,跪下来就地睡着，但是树林就在眼前，于是他最后一次奋力一搏。

这是座小小的松树林，不过还算够深，能让他躲在里面，不会被路上的人看到。当然，如果有人想找到他们，一定花不了多少时间，但是他连这个也不在乎了。他很快地收集树枝，在灌木丛之间围好畜栏。他在小狗的帮助下把山羊都赶进去，然后他回来，想将牧羊人扶下来，给驴子卸行李。

"如果你觉得可以的话，我们就在这里休息。"

牧羊人没有回应。少年把驴子拉过来，从牧羊人的帽檐底下看进去。老头子闭着眼。他心想，他正好希望看到牧羊人这个模样。他将牧羊人跨在篮子和驴子侧面之间的两条腿拉出来。他将自己的肩膀靠在老头子的腰部，想把他扛下来。牧羊人的重量压在他身上，两人一起跌坐在松针上，发出嘎吱响声。

压在他身上的牧羊人跟他一样身体恶臭难闻。若不是这股臭味，他可能不知道被压在下面该做什么反应，或许就这么躺着吧。他推开牧羊人，牧羊人的尸体像是门被打开一样，翻开仰躺在地面。他躺在牧羊人的尸体边，仿佛只是在炎热的早晨掀开毯子。他累得爬不起来。他呼吸着，凝望松树树冠。数以百万计的松针筛讨金黄的阳光，挡住无法直视的天空。微风吹得针状叶子相互摩擦，空气中响起带着香气的沙沙声。他不需要摇晃牧羊人的脸或翻开他的眼皮。他知道老头子已经永远离开，就是这样。他没有力气，也不愿回想发生过的事或者思考接下来的打算。他幼小的身躯已经精疲力竭。他动了动臀部和肩膀，调整躺在松针堆上的姿势。接着，他不自觉地靠着牧羊人的手臂，仿佛站在大海边任凭海风拂上脸，进入了梦乡。

小狗嗅着少年的腰部，叫醒了他。他睁开眼睛，抚摸它的头。它倏地放松下来，把头靠在地面，让他继续这么做。松树的树冠还在原处，但是透下来的不再是正午毒辣的阳光，而是夕阳西下时的橘灰色光线。他注意到自己靠着牧羊人的手臂，他没看牧羊人的脸便起身，像把直角尺似的坐在那里。他感觉肚子疼痛，便把手伸到背部，找到了疼痛的根源。他转过身，跪了下来翻找松针堆，找到了一颗又硬又尖的松球。他盯着那颗松球，还不忘一边继续按摩背部，接着把它丢向比羊群更远的地方。他不知道自己睡了多久。驴子还扛着所有的食粮和器具，站在那里。他走向驴子，将脸靠向它的脸颊，并抚摸它的下巴。接着他卸下篮子里的东西，拿掉笼头，拿从客栈拿走的锅喂它喝水。

他带着隐隐作痛的肚子走到松树林边缘，看着那条道路。旷野在暮光的照拂下依然清晰，从他站的位置，可以看到很长的一段路。四面八方，他都看不到一点活动的迹象，于是他回到老头子的身边。他想肚子绞痛也可能是因为他们喝下的臭水，之前没感觉到，是因为他的身体一直没处在安静下来的状态。他觉得口渴，但再不能立即就喝了，他决定从现在开始，喝水之前要先煮沸。他看了一眼驴子，它的鼻子探进锅里喝水。接着他的视线离开驴子，飘向山羊。他看了看四周，恍若想在四周的空气中找到某样东西。或许是让火堆烧得更旺的一丝丝微风，或者是凭空出现的水花飞溅的清泉，将清凉的水倒入他犹如干瘪皮革的嘴巴。他摸摸口袋里治安官的打火机，决定生火煮水。

他如游魂般飘荡在静谧的树林里，小心翼翼地不去看老头子。他检查一遍存粮，确认锅是否坚固，并闻了闻油。他将山羊放出来稍微活动一下，并让小狗起来控制它们。他轻轻地抚摸驴子，再次回到树林边，然后在一棵倾倒的树干上坐下来。半晌过后，他想起口渴，于是回到驻扎的位置。

他选出一只乳房比较饱满的山羊，伸出一只手从后面揉搓，挤出几滴奶。他把小锅放在下面，开始挤奶，直到锅底部的响声听起来已经够满。他拍拍羊，让它离开，然后拿起小锅，喝掉从动物身上挤出的少得可怜的羊奶。他静止不动好一会儿。他把锅放到地上，朝牧羊人走过去。这是从老头子咽下最后一口气以来，他第一次敢看老头子的尸体。他躺在地上，面容安详。他的皱纹似乎变少了一点。帽子离尸体半米远，那是下驴子时从他头顶滚落的。他的手指合起来，几乎握成了拳头的形状。肮脏的外套是打开的，身体两侧露出遭到鞭打的伤痕。或许他只是睡着了吧，但他的体内应该开始腐烂。少年的背后传来山羊的铃铛声，他屈膝跪下，开始在一动不动的尸体旁号啕大哭。

当蚂蚁咬醒他时，天色还没亮。蚂蚁爬过他枕着睡觉的手背，然后摸上了他的脸。他跪坐起来，迅速地甩掉蚂蚁。他只看得清楚周围半径两米远的距离。他摸摸身旁的老头子，感到尸体的冰冷。他伸出双手翻找松针堆，直到找到地面，清出一块大一点的空地。他在空地中央堆了一些干枯的针叶，拿出打火机点燃一个小火堆。跳动的小小火光已足够他看清楚牧羊人的脸上和胸前爬满的蚂蚁。他拿起一小根松树枝，清掉尸体上的昆虫。他走到篮子那里取出残障男人的平底锅，然后走回来站在牧羊人的脚边。他用平底锅的握柄在老头子左手边的地上划几条线，从头顶到脚跟。接着，他用双手估计肩膀宽度，记住大小，到他预备挖坑的地点。

起先，他的速度很快。他清空尸体旁的一块长形地面的针叶，拿平底锅挖出上面几层松软的砂土。挖到手掌的深度，他开始碰到往四面八方延伸交错的树根，恍若地底的一张网，于是平底锅一直遇到阻碍。

破晓时，他挖到两拃深度，连盖住老头子的鼻子都不够。早上过了一半，他停下来休息，站在坑里，他确定地面在他膝盖的高度。他已经可以把老头子埋进去，可是过不了多久，他的尸体就会被野狗挖出来。因此他决定下午继续挖，一直挖到腰部的深度。

一如前几天，时间就在睡眠和干活当中流逝。疲倦好像第二层皮肤覆盖他身上。其间只有一件事让他分心。正午时分，小狗从它休息的位置站起来，朝道路方向的空气嗅呀嗅。少年安抚它，把它带到林边拴在那里。几个脚夫经过这一带往北方而去。他们总共有三个男人和十头或十二头扛着物品的驴子。少年心想这支商队一定曾经过小村庄，他们应该知道客栈烧掉了。他们也应该看见治安官的摩托车停在村庄的入口。他们一定好奇地进入客栈查看，发现了烧得焦黑的尸体。

他把尸体推进坑里，掉落时，尸体翻了过去，变成脸部朝下。少年望着他，恼火地摇摇头。这座墓穴挖得刚刚好，把尸体翻过来足足花了他半个多小时。他瞥了最后一眼，在尸体面部盖上一块破布。他将墓穴填满泥土，直到跟地面一样平整。他将多余的泥土拨开到一旁，然后全部铺上针叶。他想，再过两个小时，被翻搅过的针叶的湿气就会蒸发，乍看不会知道这里有座坟墓。他站在那里，凝视牧羊人安息的位置，接着走远几步。他拿着两根差不多一拃长的小树枝插在地上。一根绑在另一根上面，组成一个十字架。他望着十字架，实在不明白那两根木头在这个遥远阴暗的地方具有什么意义。他开始念起祷词，但是念到一半变得含含糊糊，甚至嘟囔不清，最后草草结束。他真希望自己知道老头子的姓名。

下午剩下的时间，他都在休息。他随心所欲地吃，喝下山羊能挤出的所有羊奶。他靠在篮子上打盹儿，黑夜完全笼罩之前，他让驴子背好家当、拆掉畜栏，重新上路。他们在月光下沿着通往北边平坦而空旷的道路前进。北极星是他的向导。有时他们会走错方向，不过他们迟早会找到重新带领他们通往终点的路。

一天早上，当他在一间给脚夫休息的老屋里休息时，听见雨打在一片塌陷的屋板的叮咚声。他站在被虫蛀坏的门楣下，亲眼见证此刻正在这片土地上演的不寻常景象。早上过了大半，天空布满灰蒙蒙的乌云,透明的光线勾勒出物体的轮廓,添上一种他早已遗忘的清晰。豆大的雨滴打在覆盖尘土的地面,但无法穿透。他回到屋内,腋下夹着锅走出来。他走到离门前几米的地方,把容器摆在地上。然后他回到门边,待在那里,在雨持续下的同时,凝望着上帝终于稍微扭开了暴雨的开关。

致谢

作者希望致上谢意给拉克尔·托雷斯、阿兰特莎·马丁内斯、埃莱娜·拉米雷斯、胡安·玛丽亚·希门尼斯、哈维尔·埃斯帕达、韦罗妮卡·冈萨雷斯、弗朗西斯科·拉瓦斯科、古斯塔沃·冈萨雷斯、法蒂玛·卡拉斯科、玛丽亚·卡蒙、迭戈·阿尔瓦雷斯、赫尔曼·迪亚斯,以及曼努埃尔·帕冯。

他要特别感谢卡门·哈拉米略。她的想象力让本书更精彩,她树立的榜样让作者更进步。